MÉMOIRES

D'UN FRANÇAIS.

II.

PARIS. — IMPRIMERIE DE CASIMIR,

RUE DE LA VIEILLE-MONNAIE, N° 12.

MÉMOIRES

D'UN FRANÇAIS,

PAR

LE BARON ALEX. DE THÉIS.

TOME DEUXIÈME.

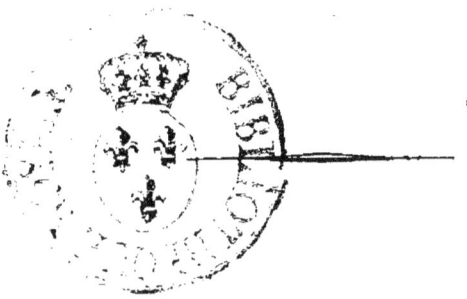

A PARIS,

CHEZ GRIMBERT, LIBRAIRE,

SUCCESSEUR DE MARADAN,

RUE DE SAVOIE, N° 14.

—

1825.

MÉMOIRES
D'UN FRANÇAIS.

DEUXIÈME PARTIE.

Comment peindre l'effroi de Sophie ! « C'en est fait, dit-elle « d'une voix étouffée, je n'ai « plus qu'à mourir à cette place, « et mourir déshonorée ! » En même temps elle me serrait avec force, et je sentis son front glacé s'appuyer sur le mien. Je lui mis la main sur la bouche pour la forcer au silence, et dans cette situation, immobiles tous les deux, nous écoutâmes avec terreur ce qui se passait au dehors.

« Non, je ne veux pas y aller, je n'irai jamais là, répétait-on vivement. » Je reconnus bien vite la voix de cette petite jardinière qui si souvent nous avait présenté des fleurs. Un jeune homme, qui la tenait par le bras, et que je reconnus également, s'efforçait de l'attirer dans la grotte, et elle se débattait avec violence. L'amour est pour tout le monde. C'était le garçon jardinier qui, amoureux de la petite fille, sans que personne s'en doutât, avait pendant la nuit des entretiens se-

crets avec elle , et il s'efforçait
aussi d'être heureux. La jeune
Lise , sensible par nature , mais
sage par instinct, avait accordé
un rendez-vous sans en prévoir
les suites, et éclairée tout à coup
sur le danger, elle réparait par le
courage les torts de l'ignorance.

Un peu rassurée par cette vive
résistance, Sophie se pencha vers
moi : « Cher , cher enfant dit-
« elle à voix basse, puisse-tu ne
« te pas démentir, et je jure de
« faire ton bonheur. »

Cependant, Alexis, ferme dans
son intention, était loin de lâcher
prise; il était jeune , beau garçon; il aimait, et il se sentait ai-
mé. Après avoir essayé inutile-

ment de la force sans trop de violence, il tâcha d'en venir à la persuasion. « Pourquoi es-tu si farouche? ma petite Lise. Crois-tu donc que si madame passait ici, à l'heure qu'il est, avec ce beau monsieur qui la suit partout, elle refuserait d'entrer où je veux te conduire? » Ici, Sophie et moi, nous redoublâmes d'attention.

LISE.

Non, sûrement, elle ne voudrait pas y aller.

ALEXIS, riant.

Tu le crois?

LISE.

Quoi! tu oserais en douter?

ALEXIS.

Eh! mon Dieu non, je n'en doute pas.

LISE.

Que veux-tu dire? méchant.
Madame est honnête, et je te haï-
rais si tu osais mal penser d'elle.

ALEXIS.

Eh! pourquoi en penserais-je
mal? N'est-elle pas bonne maîtresse, généreuse, charitable, que
sais-je, moi? mais tout cela n'empêche pas qu'on ne l'aime, et
qu'elle n'en soit bien aise.

LISE.

Qui te l'a dit? mauvais garçon.

ALEXIS.

Qui me l'a dit? mes yeux apparemment. Crois-tu donc qu'un
jardinier n'ait d'attention que
pour ses choux?

LISE.

Ils n'en viendraient que mieux.

ALEXIS.

Fort bien; mais il ne lui est pas défendu de voir ce qui se passe autour de lui.

LISE.

Eh bien! qu'as-tu vu? parle.

ALEXIS.

Oh! dame, je n'en finirais pas si je disais tout ce que j'ai vu. D'abord, si M. Charles entre dans les jardins, il va, il vient, il marche à grand pas jusqu'à ce qu'il ait trouvé madame; ensuite ils marchent tout doucement près l'un de l'autre. Ils parlent bas quand ils passent près de moi; ils parlent plus haut à mesure

qu'ils s'en éloignent. Si monsieur
le comte survient, ils s'écartent
comme pour lui faire place entre
eux; et ils se rapprochent aussitôt qu'il s'est éloigné. Tiens,
Lise, ils font justement ce que
nous faisons quand ton père est
là; et comme nous nous aimons,
je dis qu'apparemment ils s'aiment aussi. Enfin, un jour.......

LISE.

Allons, que va-t-il dire encore?

ALEXIS.

Un jour.... tu sais bien, Lise,
cette plante que madame a fait
venir de Paris, qui coûte si cher,
et qui a un nom si baroque(1)....

_____

(1) C'était un pied de *camellia*, arbuste
très-rare en France, à cette époque.

« eh bien : Alexis, avait-elle dit,
« prends bien garde qu'on ne
« touche à cette plante; quand
« elle sera en fleur, je ne veux pas
« qu'on la cueille. » Ne voilà-t-il
pas ce beau monsieur qui arrive,
et qui casse la branche sans façon.
« Bon, dis-je en moi-même, notre
« jeune homme va être joliment
« grondé. » Pas du tout; madame survient, il lui présente sa
fleur, elle la met en souriant à
son côté, ni plus ni moins qu'une
rose, et on ne gronde personne.

LISE.

Ne voilà-t-il pas de belles remarques ! Eh bien ! qu'est-ce que
tout cela signifie ?

ALEXIS.

Cela signifie qu'il l'aime. Après

tout, y a-t-il donc du mal à cela ?
Il a raison, par ma foi. C'est une
si belle prestance de femme, un
si beau visage, de si jolis pieds !

LISE.

Et qui t'a dit qu'elle ait de
jolis pieds ?

ALEXIS.

Pardi, je n'ai pas besoin qu'on
me le dise. Lorsque j'ai ratissé
mes allées, et que je vois son petit soulier marqué sur le sable,
il semble que ce soit une biche
qui vienne d'y passer.

LISE.

Eh bien! monsieur Alexis, cher-
chez de ces pieds-là où vous pourrez; quant à moi, je n'en ai
pas à vous offrir.

ALEXIS.

Moi, en chercher! je n'ai garde.
Va, ma petite Lise, le soulier
de madame a beau être mignon,
après tout, ce n'est jamais qu'un
soulier ; mais quand je vois sur
ce même sable tes petits doigts et
ton petit talon bien marqués,
tiens, Lise, j'aime mieux ce pied-
là que tous les souliers du monde,
quand même ils seraient bordés
de perles tout autour.

Alexis appuya cette galanterie
d'un baiser que l'on reçut de
bonne grâce, et je sentis Sophie
frémir à l'idée que l'entretien, venant à s'animer, la petite fille
pourrait montrer moins de courage ; mais, comme si Lise eût de-

viné sa pensée : « Ah ça, Alexis,
j'ai bien voulu t'embrasser ; mais
s'il t'arrivait jamais de mal parler de madame, tout serait fini
entre nous, et pour la vie. Entends-tu?

ALEXIS.

Moi, dire du mal d'elle! je me
ferais plutôt couper la langue. Si
on l'aime, c'est qu'elle est belle ;
si elle ne s'en fâche pas, c'est
qu'elle est bonne ; et cela ne me
regarde pas. » En disant ces mots,
il embrassa encore la petite fille
en signe de pacification, et tous
deux, se tenant par dessous le bras,
poursuivirent leur route.

Lorsqu'ils se furent éloignés,
nous nous hâtâmes de sortir de

cette grotte, et prenant une direction opposée, nous marchions à pas précipités vers le château. Pendant ce court trajet : « Quelle leçon ! s'écria Sophie ; et de qui? « d'une jeune fille dont j'aurais dû « être l'exemple! » Et à la clarté de la lune, je vis des larmes couler de ses yeux. Je voulus la consoler, et m'excuser en même temps. « Ah ! « dit-elle vivement, je peux vous « pardonner, mais je ne me pardonnerai jamais.—Sophie, laissez le remords aux coupables, « vous ne l'êtes pas. » Elle fit un geste d'impatience ; elle allait parler, lorsque nous vîmes le comte qui venait au devant de nous. « Sophie, dit-il avec l'accent

« de la bonté, la nuit est froide,
« j'ai craint que cette promenade
« trop prolongée ne vous fît mal,
« et je voulais vous presser de
« rentrer. » Elle lui prit la main,
et la baisant malgré lui : « Cher
« comte, vous êtes digne de toute
« ma tendresse, de tous mes res-
« pects. Ma vie, mon âme, tout
« vous appartient et pour ja-
« mais. » Et elle quitta mon bras
pour prendre le sien. Pensif, hu-
milié, je marchais tristement à
leur suite. Oh ! combien mon rôle
me parut misérable auprès de
celui de ce digne vieillard !

Nous restâmes seuls un moment. « Ne venez pas demain,
« ne venez pas de quelques jours,
« me dit Sophie ; j'ai besoin

« d'être seule. Adieu, Charles ;
« profitez comme moi de cette
« cruelle soirée, et que cette
« preuve de la fragilité humaine
« soit pour tous deux une leçon
« éternelle. » Je voulus répondre, on refusa de m'entendre.

Je revins, agité de pensées douloureuses. J'éprouvais des regrets sincères, à l'idée qu'un seul
instant d'égarement, en rendant
une épouse criminelle, m'eût rendu coupable d'un mortel outrage
envers un être généreux. « Eh quoi !
« me disais-je, quelques mo-
« mens d'ivresse valent-ils les re-
« grets qui les auraient suivis ? Je
« n'aurais fait que des malheu-
« reux ; moi-même je l'eusse été. »
Je passai, dans ces réflexions

tardives, une semaine entière, la
plus longue encore de ma vie.
Elle finit pourtant, et quoiqu'on
n'eût pas fixé le terme de mon
exil, j'osai me présenter devant
Sophie, puisqu'il m'était impossible de vivre loin d'elle. Je m'attendais à des reproches amers,
et j'étais déterminé à en supporter la rigueur, puisque je les avais
mérités. Je me trompais; et, m'arrêtant au premier mot : « Arrêtez,
« dit-elle d'une voix grave; je
« vous défends de dire une seule
« parole qui rappelle ce que je
« n'oublierai jamais. J'ai pris à
« cet égard la résolution que je
« devais prendre, et j'ai fait ce
« que j'avais à faire. » Puis chan-

geant de ton et de sujet : « J'ai
« pris devant vous un engage-
« ment que je veux remplir. J'ai
« attendu le moment où nous
« serions ensemble pour ac-
« quitter cette dette sacrée. La
« jeune Lise est vertueuse, et de
« même que toute faute doit être
« punie, la vertu doit avoir sa
« récompense ; elle l'aura. » En
même temps elle me fit voir,
par une fenêtre, la jeune fille qui
arrosait des fleurs dans le par-
terre. « Aimable enfant, dit-elle,
« peut-être en ce moment tu
« t'affliges de ta destinée, et le
« bonheur est tout près de toi ! »
Alors elle envoya dire à la petite
jardinière de lui venir parler. La

jeune fille, posant ses arrosoirs,
se lava les mains dans l'eau du
bassin, s'y mira pour redresser
sa coiffure; ensuite elle mit son
petit corset de basin qui était sus-
pendu à un oranger, et après avoir
choisi la plus belle des fleurs pour
sa dame, elle se mit en marche,
afin de recevoir ses ordres.

Au moment où elle allait entrer : « Votre présence, me dit
« Sophie, gênerait cet enfant.
« Mettez-vous dans ce cabinet,
« derrière cette porte vitrée. De
« là, vous pourrez la voir sans
« être aperçu, et entendre ce
« qu'elle me dira. »

La jeune fille entra, et après
avoir fait sa révérence rustique :

« Madame, dit-elle avec em-
« barras, je viens voir ce qu'il y
« a pour votre service. — Bon-
« jour, Lise; je suis bien aise de
« te voir, ma chère; j'ai à te par-
« ler de choses sérieuses. — A
« moi, madame? — Oui; va
« prendre ce tabouret, et t'as-
« sieds près de moi. » Après
qu'elle eut obéi : « Mon enfant,
« je vois avec plaisir que tu te
« formes de jour en jour; te voilà
« maintenant une grande fille,
« sage, soigneuse; tu mènes bien
« la maison de ton père. La der-
« nière fois que j'y suis entrée,
« j'ai été charmée de l'ordre qui
« y règne, et il est temps que tu
« mènes la tienne; qu'en penses-

« tu? » La pauvre Lise se troubla, et ne put répondre. » Quoi !
« tu te tais! il faut donc que je
« parle pour toi ; écoute, ma
« chère, je songe à t'établir, et
« j'ai choisi pour toi un mari qui,
« je l'espère , te rendra heu-
« reuse. »

LISE.

Ah! madame, je suis encore
si jeune!

SOPHIE.

Eh mais! quel âge as-tu donc?

LISE.

Madame, j'ai eu dix-huit ans
à la Saint-Pierre.

SOPHIE.

Eh bien, c'est le moment de
se mettre en ménage

LISE.

Et mon père? vous savez bien,
madame, qu'il ne pourrait se
passer de moi.

SOPHIE.

Que cela ne t'inquiète pas. J'ai
tout prévu; il ne perdra rien à
cet arrangement; il y gagnera
même, et je te réponds de son
consentement.

LISE.

Quoi! madame, lui en auriez-
vous déjà parlé?

SOPHIE.

Pas encore, je n'ai voulu rien
faire sans ton aveu. Un mariage
est une chose sérieuse, ma chère.
Il ne peut être heureux qu'au-

tant qu'il plaît également aux
deux partis.

LISE.

Oh! c'est bien vrai.

SOPHIE.

Je ne dois donc agir en tout
ceci que d'après ta propre volonté.

LISE.

Vous êtes bien bonne, madame.

SOPHIE.

Mais, quoi! tu pleures! Ce que
je t'ai dit te ferait-il de la peine?
parle-moi librement.

LISE.

Ah! madame, je suis bien malheureuse.

SOPHIE.

Malheureuse, dis-tu; et pourquoi?

LISE.

Il m'est impossible d'aimer celui que vous me proposez.

SOPHIE.

Mais tu ne le connais pas.

LISE.

C'est à cause de cela.

SOPHIE.

Eh bien, je te le ferai connaître.

LISE.

Madame, vous êtes bien bonne maîtresse, et pourtant vous me faites bien du mal.

SOPHIE.

Je ne te conçois pas, mon enfant; quoi! je cherche à t'établir avantageusement; je trouve pour toi un jeune homme honnête, bon ouvrier, d'une bonne con-

duite ; je veux vous faire du bien
à tous deux, et cela te désespère !
En vérité, Lise, tu n'es pas rai-
sonnable.

LISE.

Hélas ! madame, je me trouve
si heureuse comme je suis, que
j'ai peur d'un changement.

SOPHIE.

Écoute, ma chère, je ne pré-
tends pas te contraindre, mais je
demande seulement que tu con-
naisses celui que je te propose ; et
s'il ne te convient pas, je n'in-
sisterai pas davantage.

LISE.

Ah ! madame, jamais, non jamais je ne pourrai l'aimer.

SOPHIE.

Tu m'étonnes de plus en plus,

Lise; si je ne te connaissais pas,
j'aurais lieu de croire que tu as
quelque attachement secret qui
t'empêche de répondre à ce que
je voudrais faire pour toi.

A ces mots, la pauvre petite
se jeta à genoux en pleurant amè-
rement. Sophie lui tendit la main
pour la relever; elle prit cette
main, la baisa en la couvrant de
larmes. « Pardonnez-moi, par-
« donnez-moi, dit-elle d'une
« voix étouffée.

SOPHIE.

Eh bien, Lise, je te pardonne;
mais je veux que tu me dises la
vérité tout entière.

LISE.

Hélas! madame, ne la devi-
nez-vous pas?

SOPHIE.

Non, je ne devine rien, il faut qu'on me dise tout.

LISE.

Mon Dieu! comment pourrai-je dire cela?.... Vous le voulez.... Eh bien, madame, un garçon bien honnête dit qu'il m'aime; je le crois, je lui suis attachée aussi; et nous espérons qu'un jour nous pourrons nous marier.

SOPHIE.

Et ton père est-il instruit de cet attachement?

LISE.

Oh! non, madame; ce pauvre garçon n'a rien, rien du tout que

ses bras; et mon père tient un peu
à l'argent, comme vous savez.

SOPHIE.

Ton père a plus de raison que
toi. Il sait quels sont les besoins
d'un ménage, et tu ne les connais pas. Mais tu as eu grand
tort, mon enfant; une jeune fille
honnête ne doit jamais prendre
d'engagement à l'insu de ses
parens; et si je te pardonne, c'est
à condition que tu feras tous tes
efforts pour rompre une liaison
que ton père n'approuverait pas.
De mon côté, je ne te parlerai
plus de mon projet; il n'est pas
permis de songer au mariage
quand on n'a pas le cœur libre.

LISE.

Que vous êtes bonne! madame.
Je vous aimais bien ; mais je vous
aime cent fois davantage. Surtout, je vous le demande en grâce,
ne dites rien de tout ceci à mon
père.

SOPHIE.

Sois tranquille. Je veux pourtant que tu saches quel est celui
que je te destinais.

LISE.

O madame! c'est inutile.

SOPHIE.

Il faut au moins que je t'ap-
prenne son nom.

LISE.

Comme vous voudrez, ma-
dame; mais le nom n'y fera rien.

SOPHIE.

C'est Alexis, le garçon jardinier.

A ces mots la petite Lise ouvrit
de grands yeux, et elle devint
du plus beau rouge. Sophie ne
parut pas s'en apercevoir, elle
continua : Je sais qu'il n'a pas de
bien, et que ton père compte te
donner quelque chose en mariage;
mais ce garçon me paraît rangé,
laborieux.

LISE.

Oh ! oui, bien laborieux, bien
rangé.

SOPHIE.

Je l'aurais fait jardinier en chef;
et j'aurais donné à ton père, qui
prend de l'âge, la conciergerie

du petit château. Cet arrange-
gement eût pu satisfaire tout le
monde ; mais n'en parlons plus ;
je ne veux forcer l'inclination de
personne, et encore moins la
tienne, ma chère Lise.

LISE.

Mais.... madame.... cependant....

SOPHIE.

Eh bien, quoi? que veux-tu
dire ?

LISE.

Madame, je ne savais pas tout
cela.

SOPHIE.

J'avais tout disposé pour vous
rendre tous contens; mais d'a-
près l'aveu que tu m'as fait, je

renonce à mon projet. Encore
une fois n'en parlons plus.

LISE.

Madame.... c'est....

SOPHIE.

Achève donc, je ne te comprends pas.

LISE.

C'est Alexis qui m'aime.

SOPHIE.

Quoi ! c'est Alexis !

LISE.

Oui, et c'est pour lui que je
refusais, sans le connaître, le parti
que vous aviez la bonté de m'offrir.

SOPHIE.

Lise, ma chère Lise, tu es
plus heureuse que tu n'avais

droit de l'espérer. Remercie le
ciel qui te sert si bien.

LISE.

Oh! oui, madame, je le remercie ; mais je vous remercie
bien aussi. Alexis, mon père,
moi, nous serons tous heureux,
et c'est à vous que nous le de-
vrons.

SOPHIE.

J'en suis ravie, mon enfant.
Conduis-toi bien ; sois honnête
femme, après avoir été une fille
honnête, et tu seras toujours ré-
compensée. Ne dis rien à ton
père ; je me charge de tout près
de lui. Garde de même le secret
avec Alexis, il l'apprendra quand

il en sera temps. Entends-tu?
Lise.

LISE.

Oh ! oui ; mon père ne saura
rien que par vous, madame. Vous
m'avez fait bien de la peine ;
mais je suis bien heureuse maintenant.

SOPHIE.

Moi-même j'en suis charmée.
Adieu, mon enfant ; ne t'inquiète
de rien ; je me charge de tout.
Retourne à ton travail ; et, sur
toute chose, tais-toi.

Lise alla remettre le tabouret
à sa place, et, après avoir fait sa
petite révérence de départ, elle
se retira à pas précipités. Mais
au lieu de retourner à son ou-

vrage, elle courut bien vite au lieu où était Alexis. Il se reposa sur sa bêche à son approche, et sans que nous pussions les entendre, leur contenance, leurs gestes exprimaient si bien leur satisfaction, que la parole n'y eût rien ajouté.

Dès le soir même, Sophie parla au comte de son projet d'établissement pour sa petite jardinière ; selon son usage, il donna son consentement à tout. Elle fit venir ensuite le père de Lise. Comme on le pense bien, il se trouva fort honoré de ce que sa dame voulait bien faire pour sa fille, et très-flatté de son nouveau poste : le mariage eut lieu

la semaine suivante, et Sophie se
plut à se montrer généreuse envers un être qu'elle regardait
comme envoyé du ciel pour la
sauver.

Ces petites scènes de campagne, en éloignant Sophie de re-
tours trop fréquens sur le passé,
parurent lui rendre sa première
tranquillité. Notre commerce re-
devint ce qu'il avait été dans le
principe, ce qu'il aurait dû être
toujours, tendre et pur en même
temps. Je la voyais chaque jour;
mais, sans qu'elle affectât de s'é-
loigner de moi, je ne retrouvai
plus ces occasions, autrefois si
faciles, de l'entretenir librement.
Une attention de tous les mo-

mens faisait évanouir à l'avance
les éclairs de liberté que je m'é-
tudiais sans cesse à faire naître.
On me traitait avec bonté; on
m'écoutait sans peine, on me
répondait avec obligeance; mais
il me devint impossible, malgré
toutes mes tentatives, d'obtenir
un seul instant de tête à tête; et,
tout en me laissant l'usage de la
parole, des témoins toujours trop
rapprochés ne me permettaient
pas de risquer le plus léger acte
de familiarité. Ainsi, rétrogra-
dant dans une carrière où j'avais
marché d'abord avec trop de précipitation, je ne pouvais même
plus apercevoir le but, et je mau-
dissais des efforts qui m'en avaient
éloigné.

Un jour que, dans le jardin, j'é-
tais assis près de Sophie, en face
des fenêtres du château, je songeai
avec douleur à ce temps, encore
si peu éloigné, où elle ne craignait
pas de se trouver avec moi dans
les lieux les plus écartés. « Sophie,
« dis-je, vous connaissez ma
« tendresse pour vous ; jamais
« vous n'en avez pu douter ; vous
« n'en doutez pas ; et moi aussi,
« j'ai pu croire à la vôtre. Ce
« temps est passé, vous ne m'ai-
« mez plus. » En disant ces mots,
je la regardai avec une émotion
dont elle parut touchée. « Oui,
« Charles, je crois à votre ten-
« dresse, croyez de même à mon
« attachement. Jugez si je suis

« sincère : il ne s'est pas affai-
« bli, même par votre faute.
« Votre faute ! Ah ! je dois dire
« aussi la mienne. Mais en sup-
« posant que nos torts soient par-
« tagés, nos positions sont diffé-
« rentes : mes devoirs sont plus
« rigoureux que les vôtres ; et ce
« qui ne serait en vous qu'une
« mauvaise action, deviendrait
« un crime odieux de ma part.
« Je vous pardonne, et ce par-
« don est sans réserve. Quant à
« moi....... Grand-Dieu ! m'é-
« criai-je, qu'y a-t-il, que vou-
« lez-vous faire?—Vous le saurez
« plus tard, et vous en souffrirez
« moins que moi. Charles, j'ai
« été atteinte d'un mal terrible ;

« j'ai été au moment de succom-
« ber ; le ciel même est venu à
« mon secours, lui seul m'a sau-
« vée. — Ainsi, vous êtes gué-
« rie ? — Non, mais je suis hors
« de danger, et je ne dois pas
« m'exposer aux rechutes. » Ce
langage obscur me troubla; j'en
demandai en vain l'explication ;
elle se leva, et nous revînmes
ensemble, sans qu'elle voulût répondre à aucune question.

L'effet suivit de près la prédic-
tion ou plutôt la menace. Quelques jours après cet entretien,
j'étais à déjeûner avec ma famille,
lorsqu'on apporta les lettres, de
la ville voisine, ainsi qu'on le
faisait chaque jour à la même

heure. Au nombre de ces lettres était un fort paquet timbré *Service militaire*. Nous n'avions aucune relation avec les armées, et cette nouveauté nous causa un moment d'inquiétude. Mon père se hâta de briser le cachet : qu'on juge de notre surprise à tous, en voyant un brevet d'officier de cavalerie, qui m'était adressé par le ministre. Il y était joint un ordre de me rendre, sans retard, à Strasbourg, où le régiment était en garnison. Mon père avait des amis ; souvent ils les avait entretenus de son désir de me voir suivre la carrière militaire ; il ne douta pas que l'un deux ne l'eût servi en cette

occasion, et il regrettait de ne
pas savoir auquel il en avait l'o-
bligation. Ma mère s'affligeait de
voir son fils exposé à des périls
que sa tendresse exagérait encore;
et moi, troublé à l'idée d'un si
grand changement, j'étais partagé entre cette satisfaction secrète que ressent tout jeune
homme au moment d'entrer dans
le monde, et le regret de quitter
ce qui m'était si cher. Ce dernier
sentiment prévalut bientôt en
moi; et, après quelques momens
d'une joie enfantine, je finis par
m'attendrir avec mes bons pa-
réns.

J'avais à supporter une épreuve
d'un autre genre, et peut-être

plus douloureuse. Je courus chez Sophie. Je fus un peu surpris d'apprendre qu'elle était partie dès le matin pour une course assez éloignée, et qu'elle ne reviendrait que le soir. Je ne vis que le vieux comte : je l'instruisis de mon changement de position; il m'en fit de sincères complimens : « Mon ami Charles, dit-il, je « désirais depuis quelques temps, « vous voir embrasser un état. « La maison paternelle a ses « douceurs, sans doute; mais la « retraite doit suivre le travail, « elle ne doit pas le précéder. « Peut-être me direz-vous que « moi-même j'ai consumé ma vie « entière dans une situation paisi- « ble. J'eusse pu mieux faire, j'en

« conviendrai avec vous; mais il
« n'en était pas alors comme au-
« jourd'hui. En ce temps-là, les
« rangs étaient marqués, les for-
« tunes assurées; et chacun rem-
« plissait à son tour la place qu'a-
« vaient occupée ses pères. Il
« héritait de leurs considérations
« comme de leurs biens; au-
« cune circonstance ne pouvait
« le dépouiller de ce double hé-
« ritage, et il n'avait qu'à se
« laiser aller pour arriver. Main-
« tenant, tout est changé; un
« mouvement rapide entraîne le
« corps social; le chemin des hon-
« neurs est ouvert à tous; pour y
« parvenir, on n'a de droits re-
« connus que ceux qu'on s'est ac-
« quis; et lorsque tout le monde

« s'efforce d'aller en avant, celui
« qui reste immobile se trouve
« bientôt en arrière. Tout est
« pour vous d'un augure favora-
« ble; vous avez de l'honneur, du
« courage, de l'instruction ; vous
« avez tout ce qu'il faut pour de-
« venir un officier distingué, et
« vous le deviendrez. »

Je dînai tête à tête avec ce digne vieillard ; et, quoique je ne
visse pas Sophie, la journée ne
me parut pas trop longue. Oh !
comme je me félicitai de n'avoir
pas de reproches graves à me faire
sur le point le plus important !
J'écoutais avec satisfaction, avec
reconnaissance, les conseils pa-
ternels que me donnait le comte ;

j'y répondais sans efforts. Tout
était affectueux de sa part, tout
était sincère de la mienne ; et, heureux de n'avoir pas à rougir, je
sentis que la vertu a aussi ses
jouissances.

On m'attendait à la maison
pour mille petits arrangemens, et
quoique j'eusse tâché de gagner
du temps, je fus forcé de partir
sans avoir vu Sophie. « Vous de-
« vez vous mettre en route dès
« demain, dit le comte, vos mo-
« mens sont comptés ; mais je
« veux qu'avant de partir vous
« veniez nous dire un dernier
« adieu ; Sophie l'exige ainsi que
« moi. » Je le promis, incertain
encore si je tiendrais ma parole.

Je revins au logis. Tout y était en mouvement : ma mère, d'un œil attentif, faisait l'inspection de mon linge; mon père examinait des chevaux qu'il avait fait amener de tout le voisinage, et on m'attendait pour le choix. J'y mis de la réserve : je connaissais trop bien la position de mes bons parens pour me permettre la plus légère magnificence. Mon équippement était pour eux une forte charge; et je m'efforçai de l'alléger autant qu'il était en mon pouvoir. Je pris un cheval solide, mais un peu commun, et le reste de l'équipage fut parfaitement assorti à la monture. Après avoir été occupé, pendant le reste du jour, de ces soins précipités, nous passâmes une soirée qui fut peut-être la plus heureuse de toute ma vie. J'étais assis entre mon père et ma mère, j'écoutais avec attention leurs conseils ; chaque mot, chaque geste, chaque regard, m'offraient une preuve toujours plus vive de leur tendresse. « Mon « fils, disait mon excellente « mère, crains les dangereuses « liaisons, sois toujours ce que « tu as été jusqu'à ce moment ; « et en remplissant rigoureuse-« ment les devoirs de ton nouvel « état, songe à ta pauvre mère, « au milieu des dangers. Sans « doute, tu seras courageux, puis-« que tu dois l'être ; mais alors

« tu cesseras d'être téméraire.

« —Charles, disait mon père,

« nous avons été réunis dans l'in-

« fortune, et la prospérité nous

« sépare. Point de malheurs sans

« adoucissemens, pas de félicité

« sans mélange de quelque peine.

« Soumettons-nous à une loi

« émanée du ciel même, et ef-

« forçons-nous de mériter sa pi-

« tié par notre résignation. Tu

« vas partir, tu vas vivre loin de

« nous. Une vie active t'offrira

« des distractions dans ta dou-

« leur, il n'en est pas pour la

« nôtre. Mon fils, songe souvent

« à ce toit paternel où nous

« avons passé des heures si dou-

« ces ; songe à ta mère, à ton

« vieux père, et que dans les dif-
« férentes positions où tu pour-
« ras te trouver, la réunion de
« famille soit toujours ton but
« principal.

« Ne pense pas cependant que
« nous exigions de toi cette ten-
« dresse exclusive qui règle tous
« nos désirs. Tu auras d'autres
« soins, d'autres devoirs, d'au-
« tres attachemens peut-être ;
« mais n'oublie jamais ceux qui
« ne songeront jamais qu'à toi.
« Qu'ils aient dans ton cœur une
« place sacrée, et ils pourront
« tout supporter, même l'éloi-
« gnement de ce qu'ils ont de
« plus cher. » Je le jurai sur ces
mains vénérées que je pressais

dans les miennes ; et, je l'ose dire, j'ai tenu mes sermens ; ou si, agité par des passions arden- tes, mon âme s'est attachée à d'autres objets, chaque jour, mon père, ma tendre mère, eurent mes premières pensées.

Oh! que d'émotions différentes peuvent naître dans un cœur vrai- ment sensible! foyer d'une cha- leur sans cesse renaissante, il a des sensations pour tous les gen- res d'attachement. Celui qui vient de ressentir, qui ressent encore les impressions les plus vives pour des objets légitimes, peut en éprouver d'aussi profondes, j'ose- rais même dire de plus violentes, pour un être qu'il craindrait de

placer sur la même ligne, mais qui
l'entraîne avec une même force.

J'eus bientôt la preuve de cette
vérité. Pendant la nuit, j'avais
été constamment occupé de cette
visite que j'étais appelé à faire
avant mon départ ; je voulais
voir Sophie encore une fois ; puis,
me craignant moi-même, dans
cette triste entrevue, je me déci-
dais à lui écrire. Après bien des
incertitudes, je finis, comme il
arrive toujours, par céder au
penchant, et dès le matin je
courus chez Sophie. J'éprouvai
quelque soulagement à l'idée que
son mari l'aurait instruite de ce
que je ne pouvais me résoudre à
lui apprendre. En effet, son pre-

mier regard m'apprit qu'elle sa-
vait tout. Je l'abordai avec un
sentiment de douleur que je m'efforçais en vain de cacher. Elle
voulut se lever à mon approche ;
mais troublée, interdite, elle fut
obligée de se rasseoir, en me faisant signe de me mettre à ses
côtés. « Sophie, dis-je, mon
« cœur est déchiré ; » et saisissant
sa main malgré elle, je la pressai
contre ce cœur. Après un moment de silence : « Eh bien
« oui, dit-elle de sa douce voix,
« je crois que vous m'aimez, et
« j'en reçois cette preuve avec
« plaisir. Et moi aussi, je vous
« suis attachée ; je le suis pour la
« vie ; mais ce lien doit faire le

« bonheur de tous deux , et pour
« y parvenir , c'est là qu'il faut
« s'arrêter. — Ah! que me par-
« lez-vous de bonheur? il n'en
« est plus, il n'y en aura jamais
« pour l'ami qui s'éloigne de
« vous. — Vous êtes de bonne
« foi; mais vous ne vous con-
« naissez pas , et je vous connais.
« Doué d'une âme tendre et
« d'une imagination exaltée ,
« vous ne demandiez qu'une oc-
« casion d'aimer ; elle s'est pré-
« sentée , et vous l'avez saisie.
« Un peu de beauté , quelques
« heureuses qualités que vous
« avez cru trouver en moi, vous
« ont inspiré de la tendresse.
« Peut-être en auriez-vous res-

« senti également pour toute au-
« tre.—Non, non, Sophie, non,
« jamais. — Laissez-moi donc
« achever, dit-elle en souriant :
« peu à peu ce sentiment s'est
« fortifié; et, pourquoi vous le
« cacherais-je? il a fini par être
« partagé. Sans défiance de vous,
« de moi-même, par une légè-
« reté impardonnable, je me suis
« exposée au plus grand des pé-
« rils. Vous savez le reste. Éclai-
« rée tout à coup, j'ai comp-
« té rigoureusement avec moi-
« même, et sondant mon propre
« cœur, j'ai mis des bornes im-
« muables à sa faiblesse. Vous
« saurez plus tard ce que j'ai fait
« pour arriver à ce point de sé-

« curité, et, par la grandeur de la
« résolution, vous jugerez de la
« nécessité. Charles, je ne crains
« plus de vous le dire , je vous
« aime; mais je vous aime d'un
« amour épuré, j'ose dire d'un
« amour chaste ; il est tel que je
« pourrais, sans rougir, l'avouer
« à toute la terre, et si je ne le
« proclame pas , c'est unique-
« ment par respect pour les ju-
« gemens des hommes. Ne me
« faites pas de sermens d'amour,
« je refuserais de les entendre;
« mais promettez-moi une ami-
« tié solide. Plus âgée que vous
« ne l'êtes, j'arriverai plus tôt à la
« vieillesse , toujours si tardive
« pour les hommes; et ce doux

« sentiment charmera mes der-
« niers jours. »

En disant ces mots, elle me
tendit une main que je saisis
avec transport. Le comte entra
en ce moment ; elle ne changea
ni de ton, ni de contenance ; elle
ne retira même pas cette main.
« Oui, mon cher Charles, con-
« tinua-t-elle de sa voix cares-
« sante, je vous répète avec
« plaisir que je vous suis ten-
« drement attachée. Mon mari
« partage ce sentiment ; et si je
« vous aime avec plus de viva-
« cité, parce que je suis femme,
« son amitié est aussi sincère
« que la mienne. Elle est aussi
« active, aussi durable, et nous

« serons toujours disposés à vous
« en donner les preuves les plus
« fortes. »

Le digne vieillard applaudit à
tout ce que venait de dire sa
femme; puis il sortit, et rentrant
presqu'au même instant, il me
présenta un sabré magnifique,
qu'il me força d'accepter. « Char-
« les, dit Sophie avec un souris,
« et moi aussi je veux vous faire
« mon présent ; il n'est pas en-
« core prêt; mais vous l'aurez
« plus tard. »

J'aurais donné tous les présens
du monde pour être seul un instant avec elle; je pus voir qu'elle-
même éludait le tête-à-tête, en re-
tenant son mari sous divers pré-

textes. Enfin , il fallut prendre congé de tous deux. J'embrassai tendrement Sophie, en lui disant à l'oreille : « Oui , pour toujours. « —Et moi aussi, pour toujours, « répéta-t-elle à haute voix. »

Je me retirai à grands pas, dans une confusion d'idées inexprimable. J'étais touché de tant de marques de bonté, en même temps que j'étais désespéré que l'amie l'eût emporté sur l'amante. Ma conscience était tranquille, je sentais ce que cette tranquillité avait de consolant, et je jouissais de l'amitié du mari, en même temps que je souffrais de le voir trop intimement uni à sa femme, dans ce que tous deux faisaient pour moi.

Enfin, je revins à la maison ;
mon cheval, sellé et bridé, était
à la porte du vestibule ; les serviteurs réunis m'attendaient pour
me dire un dernier adieu ; et je
trouvai mon père et ma mère
marchant silencieusement dans
le salon. O nature! que ta première
loi est puissante! combien elle
l'emporte sur ces passions secon-
daires que tu nous as données pour
consolation, et jamais pour rè-
gles! J'adorais Sophie, m'éloigner
d'elle m'avait semblé le dernier
des malheurs ; cependant j'avais
pu la quitter sans que ma douleur
éclatât, tandis que les étreintes
paternelles me firent verser des
torrens de larmes. Oui, Dieu

toujours grand, toujours juste, toujours prévoyant, a mesuré la force de l'attachement, à l'importance des obligations ; il a fait d'un père, d'une mère, les premiers êtres de la créature, et il a voulu qu'ils fussent chéris par-dessus tous les autres.

Je partis ; vingt fois je me retournai pour exprimer mes regrets par un dernier geste; autant de fois, des signes de tendresse me portèrent les derniers vœux de mes bons parens. Enfin , je perdis de vue la maison paternelle , et ce moment me fit l'effet d'une nouvelle séparation. Seul , pour la première fois de ma vie, je me sentais sans force , sans appui, et je m'effrayais à l'idée de ce monde, où j'allais me voir réduit à mes propres moyens.

Je m'acheminai à petites journées vers ma destination. Quoique j'eusse déjà voyagé, tout était nouveau pour moi dans cette direction, et cependant la diversité des objets qui se présentaient à mes regards faisait à peine une faible diversion à ma douleur. L'image de Sophie, un moment suspendue dans ma pensée, s'y reproduisait avec une force toujours croissante. Ses charmes, sa bonté, cette vertu simple et touchante, m'apparaissaient dans tout leur éclat; les lieux où je l'avais vue, nos promenades, nos entretiens; ce que je lui avais dit, ce qu'elle m'avait répondu, tout était présent à mon imagination, et ces rêves d'une âme attendrie, ne me faisaient penser qu'avec terreur à un plus grand éloignement.

Quelque regret qu'on ait à s'éloigner d'un objet quelconque, on ne reste pas en route, et tout en gémissant d'avancer, j'avançais cependant. J'étais en marche depuis six jours sans qu'il me fût rien arrivé digne d'être rappelé, lorsqu'à la longue descente de Saverne, j'entendis venir derrière moi un cavalier qui, mieux monté que je ne l'étais, me joignit en peu de momens. Il

me salua avec politesse; je lui
rendis son salut, et il ralentit sa
marche pour que nous allassions
de compagnie. Pendant que nous
cheminions au petit trot, à côté
l'un de l'autre, je le regardais
avec attention, très-surpris de
l'espèce de contraste que je croyais
voir entre lui et son équipage :
c'était un très-petit homme, d'une
physionomie assez commune,
quoique vive et spirituelle; sa
mise était très-simple, un habit
de couleur obscure, de mauvaises
bottes, un manteau usé; tout cela
était fort ordinaire, sans doute;
mais ce mince écuyer était monté
sur le cheval le plus magnifique
que j'eusse vu de ma vie; selle,

housse, bride, tout était assorti, tout répondait à la beauté de l'animal, et à l'arçon, on voyait deux pistolets d'un travail admirable. Mon petit compagnon m'adressa, sur l'objet de mon voyage, quelques-unes de ces questions que se font ordinairement ceux qui font la même route; j'y répondis sans mystère, et, à mon tour, je lui demandai où il allait : « Je vais à Strasbourg, « dit-il; j'ai à y remplir une « mission secrète et délicate; « mais comme elle n'est pas « pressante, je profiterai de vo- « tre compagnie, si vous le trou- « vez bon, et nous irons ensem- « ble jusqu'à notre commune « destination. » J'acceptai l'offre

avec plaisir, et une sorte de confiance s'établit bientôt entre nous.

Lorsque nous eûmes fait quelques lieues : « J'admire votre
« cheval, dis-je ; je ne pense pas
« qu'on puisse en trouver un
« plus beau dans toute la France.
« —Non, certainement, répondit-
« il, et s'il en était un plus beau,
« c'est celui-là que j'aurais. Mais
« quelque magnifique qu'il vous
« paraisse, sa légèreté, sa vi-
« gueur, sa docilité, sont bien
« plus merveilleuses encore. Il
« faudrait une semblable mon-
« ture à un officier de troupes
« légères, et je défierais tous les
« Cosaques de l'atteindre ja-
« mais. » A ces mots, je jetai un

coup d'œil sur ma chétive monture, et je ne pus me défendre
de souffrir de la comparaison.
« Voulez-vous, continua le petit
« homme, une preuve de ce que
« j'avance? vous voyez, à l'extré-
« mité de l'horizon, ce village où
« nous devons déjeûner ; il est à
« une grande lieue de nous ; eh
« bien, je vais y commander le
« repas, et je suis à vous dans
« quelques momens. » En disant
ces mots, il pressa légèrement les
flancs de son cheval, et il partit
avec la rapidité de l'éclair.

Je ne doutai pas qu'il ne se fût
amusé à mes dépens, et je con-
tinuais paisiblement ma route,
ne m'attendant pas à le revoir ;

2. 6

mais j'avais fait à peine le quart
du chemin, que je vis revenir
mon petit compagnon avec la
même vitesse, sans que son cheval
parût seulement fatigué. « Tout
« est prêt, me dit-il, le couvert
« est mis, et le déjeûner nous
« attend. — Voilà qui est admi-
« rable, et je vous trouve le plus
« heureux des hommes, de pos-
« séder un si rare animal. —
« C'est là ma seule magnificence;
« mes habitudes sont fort sim-
« ples, comme vous avez pu le
« remarquer; je dédaigne toute
« espèce de luxe; mais j'ai voulu
« avoir le plus beau, comme le
« meilleur cheval; je n'ai rien
« épargné pour arriver à ce but,

« et vous voyez que j'ai assez
« bien réussi.

En nous entretenant ainsi, nous
arrivâmes au village. En effet,
l'hôte nous attendait devant sa
porte, et il nous conduisit dans
une petite salle à manger où nous
trouvâmes le repas tout préparé.
Nous nous mîmes à table ; le déjeûner était bien ordonné, et pour
la première fois, depuis ma sortie
de la maison paternelle, j'éprouvai quelque distraction. « Vous
« êtes un excellent compagnon
« de voyage, dis-je ; vous me fai-
« tes l'effet de ces honnêtes en-
« chanteurs qui protégeaient les
« chevaliers errans dans toutes
« leurs grandes entreprises, et

« qui les préservaient de mau-
« vaise aventure. — J'accepte ce
« rôle avec plaisir, répondit-il
« sur le même ton, et je voudrais
« de tout mon cœur vous ren-
« dre de semblables services. »

Nous marchâmes ainsi de compagnie pendant deux jours. Je
trouvais constamment dans mon
petit écuyer les mêmes attentions. Son entretien était agréable ; il avait voyagé en divers
pays ; il parlait assez bien de ce
qu'il avait vu, et sa vive gaîté
m'arrachait, malgré moi, un sourire.

Le soir du troisième jour, nous
arrivâmes assez tard à la dernière
couchée. Mon compagnon, selon

son usage, veilla lui-même aux soins divers qu'exigeaient nos chevaux, et il se chargea d'ordonner le souper. « Nous tou-
« chons, me dit-il, à notre des-
« tination ; voilà la dernière soi-
« rée que nous avons à passer
« ensemble, rendons-la aussi
« agréable que le lieu le permet ;
« usons de toutes les ressources
« qu'il peut offrir, et conservons
« tous deux un souvenir durable
« d'une rencontre telle que je
« n'en ai jamais faite, et que je
« n'en ferai jamais. » Je le remerciai, et consentis à tout. Quelques momens après cet entretien, il vint me chercher, me prit par la main, et me fit entrer dans

une salle à manger très-propre,
où je vis avec surprise deux couverts et un repas splendide. C'é-
tait un peu plus de magnificence
que je n'en aurais voulu; mais
le petit homme s'était montré si
obligeant, si attentif envers moi,
qu'à mon tour je crus devoir lui
montrer un peu de complaisance.
Nous nous mîmes à table vis-à-
vis l'un de l'autre, et toujours
plein d'obligeance, il prenait
plaisir à me servir ce qu'il y avait
de meilleur et de plus délicat. Au
dessert, il fit venir les vins les
plus rares; vainement je dis que
j'en buvais à peine; il m'encou-
rageait sous divers prétextes, il
me montrait l'exemple de bonne

grâce, et malgré ma grande réserve, je me trouvais forcé de lui
faire raison. Son entretien était
encore plus gai, plus animé que
de coutume; il prenait plaisir à
me forger un avenir à sa volonté,
et usant, disait-il, de ce titre
d'enchanteur que je lui avais
donné, il ne craignait pas d'affir-
mer que le lendemain serait pour
moi un jour heureux. Je souriais
de ses vives saillies, et je m'amu-
sais de ses prédictions.

Enfin, vers minuit, nous nous
levâmes pour gagner nos lits.
Sobre par nature, accoutumé à
une vie réglée, je me sentis la
tête un peu étourdie, et je parus
pressé de me retirer. On nous

conduisit dans des chambres sé-
parées ; et, en me souhaitant le
bonsoir, le petit homme ajouta :
« La traite qui nous reste à faire
« est fort courte. Nous avons du
« temps de reste pour arriver à
« Strasbourg ; ainsi, rien ne nous
« presse, et nous pouvons , tous
« deux , dormir la grasse mati-
« tinée. » En disant ces mots, il
se retira dans sa chambre , et je
gagnai la mienne.

Il était grand jour lorsque je
m'éveillai. Je restai encore quelques momens au lit , attendant
que mon compagnon , toujours
le premier levé , entrât dans ma
chambre. Ennuyé de ne le pas
voir paraître, je sonnai; une ser-

vante arrivant, je lui demandai
si le monsieur qui était venu la
veille avec moi, était descendu.
« Bon, monsieur, dit-elle, des-
« cendu ! il est parti dès quatre
« heures du matin. — Comment
« parti ? — Oui ; il a emmené le
« cheval sur lequel vous étiez
« monté en arrivant ici, disant
« que c'était le sien, et il doit
« être bien loin s'il va toujours
« du même train. » Je frémis à
ces mots ; je ne doutai pas que je
n'eusse été dupe de quelque aven-
turier, et je m'affligeai vivement
d'avoir fait un tel faux-pas dès
mon début.

Je m'habillai en toute hâte et
me fis conduire à l'écurie. Mais

qu'on juge de ma surprise lorsque je vis le cheval de mon compagnon à la place du mien, et
tout auprès, son magnifique har-
nais, sans qu'il y manquât une
seule pièce. Ne comprenant rien
à ce changement, je courus à
l'hôte pour lui en demander l'explication. « Monsieur, dit-il ;
« ceci m'étonne autant que vous.
« Tout ce que je peux vous dire,
« c'est que ce petit monsieur qui
« vous accompagnait m'est venu
« trouver au point du jour, di-
« sant qu'il était pressé de par-
« tir ; il a payé en belle mon-
« naie la dépense que vous avez
« faite tous deux ici, et laissant
« le beau cheval, qui est à vous,

« m'a-t-il dit, il s'en est allé sur
« l'autre. »

De plus en plus surpris, je ne
savais à quelle idée m'arrêter,
lorsque l'hôtesse survint. « Mon-
« sieur, dit - elle, après avoir
« compté avec mon mari, votre
« compagnon m'a apporté pour
« vous une lettre qu'il m'a char-
« gée de vous remettre à votre
« réveil. La voici; sans doute
« - elle vous expliquera ce que vous
« désirez savoir. » Je la pris, je
l'ouvris avec précipitation, et je
fus bien plus étonné encore en re-
connaissant l'écriture de Sophie.
Je courus m'enfermer dans ma
chambre pour lire ma lettre sans
témoins; elle était ainsi conçue :

« Mon cher Charles, mon nain
« a très-bien exécuté mes ordres;
« je suis contente de son intelli-
« gence, et je l'en récompenserai.
« Au moment de votre départ,
« je voulais vous offrir aussi mon
« présent; le voilà; qu'il soit re-
« çu avec amitié : j'ai espéré qu'il
« pourrait vous être utile, vous
« sauver peut-être, et cette idée
« a dirigé mon choix.

« Charles, conservez - vous
« pour vos parens, pour vos
« amis, pour votre amie; elle
« vous aime, elle vous aimera
« toujours. Lorsqu'elle vous a
« quitté, ce fut son dernier mot,
« ce sera sa dernière pensée.

« Je vous dois un aveu im-

« portant : effrayée d'un moment
« d'oubli, j'ai dû craindre ma
« propre faiblesse, et pour en
« prévenir les suites, j'ai pris
« une résolution dont je m'étonne
« moi-même. Le ciel me l'ins-
« pira; il me donna le courage
« de l'exécuter. Vous savez que
« je suis proche parente du gé-
« néral de ***. Saisissant le mo-
« ment où la France est en paix,
« j'ai obtenu, par son crédit, votre
« admission dans un corps d'ar-
« mée sous son commandement;
« et votre famille a attribué à des
« amis qui ne songeaient guère à
« elle, ce qui n'était dû qu'à mes
« soins. J'ai travaillé pour mon
« honneur, il est en sureté; pour

« votre gloire, elle ne dépend
« plus que de vous seul.

« Charles, vous avez une âme
« tendre; vous aimerez, vous
« en avez le droit, et je vous
« rends formellement à vous-
« même. Mais ne vous attachez
« jamais qu'à des êtres dignes de
« vous, et répétez - vous sans
« cesse qu'une liaison, quelle
« qu'elle puisse être, ne peut avoir
« une fin heureuse qu'autant
« qu'elle est réglée par la sagesse.
« Le sentiment qui nous unit
« vous en offre une preuve écla-
« tante; il durera à jamais parce
« qu'il est conforme à la vertu;
« il a été au moment de s'en
« écarter; ce moment a été af-

« freux pour moi, il aurait dû
« l'être pour vous; et je n'ai re-
« trouvé le bonheur qu'en ren-
« trant bien vite dans la ligne du
« devoir; je n'en sortirai jamais.

« Adieu, Charles, je vous délie
« de tous vos sermens, vous êtes
« libre, je suis libre moi-même,
« et je me crois heureuse. Pensez
« souvent à moi dans la prospé-
« rité, pensez-y plus souvent
« dans l'infortune, si elle venait
« à vous atteindre, et comptez à
« jamais sur votre amie. »

La lecture de cette lettre fit
naître en moi les sentimens les
plus opposés; j'étais touché de
tant de marques d'attachement;
tout en attestait la sincérité, et

je m'affligeais, en même temps,
de voir ce rêve brillant, ce rêve
qui m'avait tant occupé, se ré-
duire à un sentiment vulgaire.
J'ignorais encore qu'une femme
vertueuse et tendre peut bien
renoncer à l'amour, mais qu'elle
chérit toujours celui qui a su la
toucher ; et que son amitié, for-
tifiée par d'heureux souvenirs,
vaut mieux que la passion d'une
autre. Ce présent si bien choisi,
si précieux par lui-même, donné
d'une manière si ingénieuse, me
montrait assez que l'on m'aimait
encore. Je m'attachai bien vite à
cette idée, la seule que je pusse
saisir ; et, fier du don de ma
noble dame, j'en pris posses-

sion en invoquant son nom.

J'arrivai de bonne heure à Strasbourg. J'étais à peine entré dans cette ville, toute remplie de troupes à ce moment, que je rencontrai un grand nombre d'officiers de différentes armes, qui s'arrêtaient pour admirer mon cheval, exprimant le regret de le voir monter par un jeune homme qui ne portât pas l'habit militaire. Dès le même jour, ces regrets cessèrent d'être fondés; je me présentai avec mes lettres de créance devant le colonel de mon corps, et agrégé sur-le-champ à cette grande famille, je cessai de lui être étranger.

Je ne parus pas novice dans

l'art de l'équitation; j'en avais
reçu de très-bonnes leçons du
vieux comte, excellent écuyer
lui-même. J'en fis une heureuse
application à mon nouvel état.
Le zèle fit le reste, si bien qu'en
moins de trois mois (tout se faisait vite à cette époque), on me
trouva capable de tenir ma place
dans les manœuvres.

J'étais entré au service, au
printemps de 1806. La paix qui
avait suivi si promptement la bataille d'Austerlitz, semblait devoir être durable. Les Autrichiens
étaient épuisés par une campagne malheureuse, et nous-mê-
mes avions besoin de repos. Mais,
de part et d'autre, les souverains

voulaient là guerre; l'un pour s'agrandir, les autres pour se conserver; et les peuples seuls, toujours étrangers à ces grands intérêts, désiraient sincèrement la paix. La Prusse, abusée sur ses forces, trop confiante en sa vieille réputation, montra des intentions hostiles. La France se disposa à tenter de nouveau le sort des combats; et dès l'automne, tout s'ébranla pour rentrer en Allemagne. On connaît les suites de cette campagne si célèbre. En quelques semaines, la Prusse vit son armée détruite, sa capitale occupée, ses forteresses enlevées, sans que nos troupes eussent trouvé, sur un seul point, une résistance digne de généraux formés par Frédéric.

Un allié puissant vint au secours de cette monarchie expirante. On vit paraître les armées
russes, et dès ce moment, la
guerre prit un caractère plus
opiniâtre. L'hiver ne suspendit
pas les opérations militaires ;
on se battit avec fureur dans ces
régions glacées ; et des victoires
sanglantes attestèrent le courage
des deux partis.

J'avais été assez heureux pour
trouver l'occasion de me distin-
guer à la bataille d'Iéna ; j'obtins
le grade de lieutenant et la dé-
coration de la Légion. A Eylau,
mon régiment fut détruit en par-

tie ; je devins capitaine, par le seul
effet de l'avancement successif ;
enfin , mon corps ayant fait une
charge décisive à la mémorable
journée de Friedland, je fus nommé officier de la Légion-d'Honneur. C'était aller vite, sans doute ; mais on ne doit pas oublier qu'à
cette époque les hommes se suc-
cédaient rapidement, et qu'hé-
ritiers du plus grand nombre ,
quelques - uns seulement purent
jouir des avantages qu'ils obtin-
rent.

La paix de Tilsitt , qui suivit de
près ces grands événemens , ren-
dit à l'Europe quelques momens
de tranquillité. Une partie de notre armée fut destinée à occuper

le nord de l'Allemagne, pour as-
surer l'exécution des traités que
l'on venait de conclure; et l'autre
reprit le chemin de la France.
Je ne fus pas du nombre des
heureux. Je fis partie du corps
d'occupation, et mon régiment
fut mis en quartier d'hiver dans
une petite ville peu éloignée de
celle que j'avais habitée si long-
temps avec ma famille.

Je me retrouvai, avec une extrême satisfaction, au milieu de
ces bons Allemands que j'avais
tant de raisons d'aimer, et dont
je connaissais si bien les habitudes paisibles. Je retrouvai parmi
eux cette hospitalité généreuse,
cette droiture parfaite, ces excel-

lentes qualités qui, dans tous les
temps, feront d'eux le meilleur
peuple de la terre. Sous ce rapport, ils ne pouvaient pas changer; mais je fus surpris de l'alté-
ration qu'un petit nombre d'années avait apportées dans leurs
usages. Le pays avait été occupé
par nos troupes, et tout y était
changé. L'antique simplicité avait
disparu; les femmes s'habillaient
à la française; les repas ressem-
blaient aux nôtres; les vieux meubles étaient remplacés par des
meubles élégans et souvent moins
commodes. Partout on s'était fait
des besoins nouveaux; et en mê-
lant les usages des deux peuples,
on n'avait ni les grâces de l'un
ni la solidité de l'autre.

Il en était de même du langage; l'allemand, cette langue
si belle, si riche, si énergique,
était dénaturée par l'introduction
d'une multitude de mots français
qui blessaient l'oreille des vieux
Germains, mais que la jeunesse
adoptait avec un empressement
puéril. On oubliait qu'une nation
ne doit pas ressembler à l'autre;
que des usages entièrement opposés peuvent produire d'heureux effets dans des pays diffé-
rens; que tout devient mauvais
par le mélange, et qu'on ne peut
valoir quelque chose qu'autant
qu'on est soi-même.

Mais ce qui me fit le plus de
peine, fut de reconnaître une al-

tération sensible dans les mœurs.
Des femmes, jusque-là réser-
vées, se faisaient remarquer par
des démarches inconsidérées ; et
comme il arrive toujours que
nous portons à l'excès ce qui ne
nous est pas naturel, on devenait blâmable en voulant paraître léger, et trop souvent des
aventures éclatantes portaient le
trouble dans les familles. Nos
jeunes gens, toujours disposés
aux jugemens précipités, avaient,
en général, une faible idée de la
vertu des Allemandes ; et la faci-
lité qu'ils trouvaient en elles
semblait justifier cette opinion.

Ceci tient encore au caractère
national, altéré par des commu-

nications étrangères. D'une extré-
mité de la terre à l'autre, toute
femme veut qu'on s'occupe d'elle,
toute femme veut être aimée.
L'Allemand, sensible et exalté,
est très-capable du second point;
mais il ne convient nullement au
premier : habitué à la société des
hommes, occupé de chasses, de
chevaux, de chiens; adonné aux
plaisirs de la table, il ne sent
pas, comme nous, ce charme
de tous les momens qui résulte
du rapprochement des sexes. Ces
hommes droits et simples aiment
à leur manière, et leurs femmes,
qui n'en connaissaient pas d'autres, s'étaient pliées sans peine à
leur génie. Mais l'arrivée des

Français, leur long séjour dans le pays, renversèrent toutes leurs idées. Courtisans attentifs, officieux à tous les momens, ils firent connaître aux femmes tout ce qu'elles valaient; et trop peu éclairées pour se défendre de la séduction, elles finirent par juger leurs maris à toute rigueur. Le simple soldat était aux petits soins près de la fille de son hôte; l'officier jouait le même rôle près de la petite bourgeoise; le général près de la grande dame, et pour l'ordinaire, tous obtenaient le même succès.

Ce mal est grave; mais il n'est pas sans remède. Un temps viendra, sans doute, où les peuples

rentreront dans leurs limites véritables. Alors on verra dans les
familles chaque individu se remettre à sa place naturelle ; alors
cesseront des écarts de pure circonstance ; des souvenirs salutai-
res en préviendront le retour , et
les habitudes respectables repren-
dront leur empire. Les hommes
feront davantage pour des femmes qu'ils avaient trop négligées ;
ils seront mieux aimés d'elles ; et
les femmes allemandes , douées
par la nature, de tant de qualités
admirables, seront le modèle des
vertus domestiques.

Un long séjour en ce pays ne
me donna que trop de loisir pour
y faire ces diverses remarques.

Pendant une occupation de plusieurs années, mon régiment fut
en garnison dans les principales
villes de la confédération. J'ai
parcouru la plus grande partie de
l'Allemagne ; partout j'ai reconnu les mêmes causes ; partout
j'ai observé les mêmes effets, et
j'en appelle aux habitans eux-
mêmes, sur l'exactitude de cet
exposé.

Dans ces différentes stations,
une correspondance suivie, avec
ma famille, adoucit par momens
les ennuis d'une séparation aussi
longue ; mais il était une consolation à laquelle je croyais pouvoir prétendre, je m'étais trompé ; elle me fut refusée nettement.

J'avais écrit plusieurs fois à Sophie; et, quoique mes lettres fussent toujours très-mesurées, telles, en un mot, que j'aurais pu les
adresser à son mari aussi bien
qu'à elle - même, jamais elle ne
jugea à propos d'y répondre. Le
comte était seul chargé de ce soin.
A la vérité, sa correspondance
était bonne, aimable, affectueuse
même. Il me parlait de sa femme,
du plaisir que mes lettres leur
faisaient à tous deux; mais lui
seul y répondait. Je sentis vivement ce que cet excès de réserve
avait de désespérant. Sans attri-
buer ce silence à l'oubli ou à la
légèreté, je ne pouvais me défendre d'y voir une sorte de dé-

gagement dont je me sentais blessé ; et, sans cesser d'aimer cet
être dont je croyais avoir à me
plaindre , je regrettais par momens de m'y être trop fortement attaché.

Pendant que je m'abandon-
nais à ces réflexions, occupation
nécessaire d'une âme tendre , at-
tristée de son isolement, l'Europe entière s'agitait en silence ,
et des idées plus sérieuses allaient remplacer ces idées de jeune
homme. Vers le printemps de
1812 , tout s'ébranla en même
temps ; et une armée prodigieuse,
grossie des troupes de tant de souverains qui n'agissaient que d'a-
près notre direction, s'avança en

bon ordre vers les frontières de la
Russie. On aurait pu la compa-
rer à ces avalanges redoutables
qui, entraînant tout ce qui se
trouve sur leur passage, portent
partout la ruine ou la mort, et
vont enfin se dissoudre et se perdre dans la plaine.

Assez d'autres ont donné des
relations de cette guerre si fu-
neste, et je ne craindrai pas de
dire, si glorieuse en même temps;
je dois me borner à ce qui m'est
purement personnel. A l'ouver-
ture de la campagne, j'avais été
nommé chef-d'escadron dans un
régiment autre que celui où j'a-
vais servi jusqu'alors; et je venais à peine d'être reconnu dans

mon nouveau grade, lorsque l'armée se mit en mouvement.

Le début fut admirable. On passa les frontières de Russie sans opposition ; on s'étonnait de voir que les portes d'un empire aussi puissant fussent si mal gardées , et pendant plusieurs jours on ne trouva dans ces plaines immenses que de faibles corps , plus propres à reconnaître nos masses qu'à leur résister. La multitude s'applaudissait d'une marche facile; quelques - uns songeaient à Crassus s'engageant dans le pays des Parthes ; d'autres encore, mais en très-petit nombre , prononçaient à voix basse le nom de

2.   9

Charles XII. Tous brûlaient du désir de joindre enfin l'ennemi et de le combattre.

Cependant l'armée russe se concentrait sur les rives du Borysthène ; et c'est là seulement que commença la guerre. Mais laissant aux historiens le récit de ce qui tient proprement aux opérations militaires, j'arriverai rapidement à une circonstance qui devait décider de ma vie entière.

Je reçus, un soir, l'ordre de faire une reconnaissance sur l'aile gauche de l'armée ennemie. Je partis au milieu de la nuit, le 13 août, à la tête d'un détachement de cinquante chasseurs choisis.

J'avais pour guides quelques cavaliers polonais, toujours admirables quand on les emploie contre des Russes. Nous marchions depuis plus de trois heures, tantôt à travers des landes, tantôt à travers des bois, lorsque des paysans polonais, venant à notre rencontre, nous dirent qu'un petit corps ennemi, qui était à peu de distance, marchait directement de notre côté, et que nous serions en vue dans quelques momens. Cette annonce me fut bientôt confirmée par mes propres guides que j'envoyai à la découverte. Ils ajoutaient que cette troupe se composait de soixante cavaliers environ, mar-

chant au petit pas et avec peu
d'ordre.

Je jugeai, par ce rapport, qu'il
me serait facile de détruire ou
d'enlever ce détachement. Je fis
entrer mes gens dans un bois de
pins, situé près de la route, et
je les plaçai à demi-portée de
carabine du point où l'ennemi
devait passer.

Ces dispositions étaient faites
à peine, que nous vîmes paraître
nos adversaires. Quoiqu'ils fussent plus nombreux que nous,
je ne doutai pas qu'une attaque
inattendue ne mît la supériorité
de notre côté, et je pris toutes
les précautions pour tirer le plus
grand parti de cet avantage.

Cependant la petite troupe s'avançait paisiblement , marchant à sa perte sans s'en douter. A sa tête était un brillant officier, couvert de plusieurs ordres. Sans doute il allait, comme moi, en reconnaissance ; et, quoiqu'en ce moment il marchât avec plus de circonspection , je me flattai de l'espoir de le prendre prisonnier. Au moment que le détachement passa à notre portée, je donnai le signal ; mes gens firent une décharge générale, et nous sortîmes du bois en jetant de grands cris. Une partie des ennemis fut tuée ou blessée, le reste s'enfuit au galop, en se dispersant dans la plaine.

Nous les poursuivîmes avec vigueur pendant quelques momens, et, secondé de mon excellent cheval, j'en ramenai trois que je fis prisonniers à une assez grande distance du champ de bataille.

Lorsque je rejoignis mes gens, ils s'assuraient des chevaux des vaincus, et se partageaient leurs dépouilles. A cela, je n'avais rien à dire, c'était le droit de la guerre; mais un spectacle qui s'offrit à ma vue me remplit d'indignation. Cet officier russe, qui commandait le détachement, était à terre, tout couvert de sang, et un de mes chasseurs, hanovrien d'origine, le tenait avec violence à la gorge. Je m'avançai en toute hâte, pour faire cesser cette lutte inégale. Le malheureux avait déjà donné au soldat, ou plutôt il s'était laissé prendre sa montre, ses croix, son or ; tous ces objets étaient épars autour de lui ; mais il retenait avec force une chaîne d'or qu'il avait au col, et au bas de laquelle pendait un médaillon entouré de diamans. L'autre, de plus en plus enflammé par la vue de ce riche bijou, s'efforçait de le lui arracher, et le pauvre blessé résistait avec opiniâtreté.

Irrité à cette vue, je criai au soldat d'arrêter ; ivre de fureur et de liqueurs fortes, il ne m'entendait même pas ; enfin, pour

trancher la question, il prit son
sabre qui était à terre près de lui,
et il allait frapper d'un dernier
coup son faible adversaire, lorsque, furieux moi-même de cet
excès de férocité, je lui fis passer
mon cheval sur le corps et le
foulai aux pieds; puis sautant à
terre, je tendis la main à l'infortuné.

« Généreux Français, s'écria-
« t-il en pressant ma main
« entre les siennes, ô que j'ai
« de grâces à vous rendre!—Ah!
« dis-je vivement, nous nous de-
« vons tous le même appui dans
« le malheur. Mais, ajoutai-je,
« les momens sont pressans ;
« j'ai des ordres à suivre, et mon

« devoir m'oblige à vous faire
« conduire au quartier-général.
« Votre blessure vous permet-
« trait-elle de vous tenir à che-
« val?—Hélas ! dit-il d'une voix
« affaiblie, je l'ignore; je sens
« qu'elle est profonde, je crois
« même qu'elle est mortelle. Quoi
« qu'il en puisse arriver, je ramas-
« serai mes forces pour suivre la
« destination qu'il vous plaira de
« me donner. C'est à vous d'or-
« donner, à moi d'obéir. »

J'appelai un maréchal-des-logis dont je connaissais la probité
et l'exactitude. « Menez avec pré-
« caution, lui dis-je, cet officier
« au camp ; vous me répondrez
« de sa sûreté. » Alors, je ras-

semblai en hâte l'or et les bijoux
qui étaient à terre, et les mettant
dans la ceinture du blessé : « Gar-
« dez soigneusement tout ceci,
« lui dis-je; un prisonnier a be-
« soin de toutes ses ressources.
« — Grand Dieu! dit-il en le-
« vant les mains au ciel, quel
« homme! et quelle nation! »
On le mit à cheval, ou plutôt on
l'y porta, et je le vis s'éloigner au
petit pas.

Je n'avais pas de temps à perdre; je me hâtai de rassembler
mon monde, et je poursuivis une
opération dont l'exécution devenait à chaque moment plus dan-
gereuse. Les fuyards avaient né-
cessairement fait connaître notre

marche, et il était à craindre que nous ne rencontrassions bientôt des forces supérieures aux nôtres. Mais, à la guerre, les chefs ne tiennent aucun compte des difficultés; il faut exécuter leurs ordres à toute rigueur, et on est plus coupable pour n'avoir rien fait, que pour avoir mal fait.

Ce que j'avais prévu arriva. Déjà j'avais reconnu les lieux; j'en avais dessiné rapidement les points principaux, et je me disposais à regagner notre corps d'armée par la route la plus directe, lorsqu'en sortant d'une espèce de ravin, où nous étions engagés, nous nous trouvâmes tout à coup en face de deux esca-

drons de cavalerie ennemie, outre un grand nombre de Cosaques
qui voltigeaient dans la plaine.
Il fallait se rendre, ou se faire
jour, le sabre à la main, à travers
cette troupe. Je préférai ce dernier parti ; mais, quoique mes gens
s'y portassent avec beaucoup de
résolution, cette tentative ne fut
pas heureuse ; la plupart de mes
chasseurs furent tués ou pris ;
quelques-uns purent à peine porter la nouvelle de notre désastre ;
et je fus jeté à terre, la cuisse
traversée d'une balle. C'était
exactement la contre-partie de ce
qui nous était arrivé il y avait
à peine quelques heures.

La perte de mon sang, qui cou-

lait en grande abondance, la violence de la chute, me causèrent
un long évanouissement, et je ne
repris mes sens, qu'au moment
où des soldats russes s'efforçaient
de m'enlever mon uniforme. J'ouvris les yeux; le premier objet
que j'aperçus, fut mon pauvre
cheval étendu mort à mes côtés.
Un officier survint; voyant que
je respirais encore, il donna, en
sa langue, un ordre que je n'entendis pas. Aussitôt on me porta,
sur deux lances, vers une petite
voiture d'osier qui suivait la
troupe. Un Cosaque y sauta légèrement; il se plaça près de moi,
et nous partîmes au galop.

Quel changement rapide! Le

matin même, j'étais victorieux,
plein de santé, entouré de mes
braves camarades ; et par un retour subit, je me voyais prisonnier, blessé grièvement, et face
à face d'un Cosaque grossier,
devenu l'arbitre de ma vie ou de
ma mort. Je dois le dire, cependant, je n'eus pas à me plaindre
de ce compagnon de voyage ; il
me donnait, à sa manière, des
signes de compassion. Plusieurs
fois il me porta à la bouche un
flacon d'eau-de-vie ; il s'étonnait
d'être refusé, et pour me convaincre de la pureté de son intention, il ne manquait jamais de
boire une bonne partie de ce qu'il
me présentait. Après quelques

heures d'une marche rapide, j'aperçus un ruisseau qui coulait à notre droite; je tâchai de faire entendre par signes à mon conducteur que je désirais boire de cette eau. J'eus beaucoup de peine à me faire comprendre; il me devina enfin, et s'arrêtant un moment, il m'en apporta dans sa casquette.

Cependant une fièvre ardente me dévorait; la douleur de ma blessure devint excessive, et elle m'arrachait, par momens, des cris involontaires. Mon compagnon, compatissant comme un enfant de la nature, n'imaginait pas d'autre moyen de soulagement que de me conduire le plus

tôt possible à ma destination, et
chaque fois que je me plaignais,
il ne manquait jamais de fouetter
ses chevaux pour hâter notre
marche.

Nous traversions avec rapidité,
tantôt des plaines immenses sans
culture, tantôt des forêts sans fin,
où de grands arbres, tombés de
vétusté, offraient l'image de la
destruction. Partout une nature
triste et silencieuse, jusqu'à ce
qu'arrivés à quelque chétive bour-
gade, après un demi-jour de
marche, nous rencontrassions
enfin quelques paysans d'un aspect aussi sauvage que celui de
leur pays. «Eh quoi! me disais-je,
« ce sont les heureux enfans de la

« France, de l'Allemagne, de la
« belle Italie, qui courent à la
« conquête de ces tristes con-
« trées! Dans leur longue mar-
« che, chaque jour a amené de
« nouveaux désastres; chaque gîte
« a été pire que celui de la veille.
« L'imprudence les conduit,
« puisse la fortune les ramener! »

Nous changions de chevaux
quatre fois par jour, et nous cou-
rions avec rapidité, sans que je
pusse deviner où l'on me conduisait. Je jugeai seulement, par
la position du soleil, que nous
nous dirigions vers le nord-est.
La nuit n'interrompait pas notre
voyage. Dans nos pays, elle mar-
que naturellement le temps du

repos, tandis que dans ces con-
trées boréales, où elle est à peine
sensible pendant l'été, elle cesse
de régler les actions des hommes.
Le Russe, dans ses longues cour-
ses, mange quand il en trouve
l'occasion, dort lorsqu'il a un
instant de loisir, se réveille toujours au moment prescrit; et se
passant de tout au besoin, par-
court ainsi son vaste pays, sans
éprouver ni fatigue ni ennui.

Vers la fin du cinquième jour,
mes souffrances devinrent si ai-
guës, que je crus ma dernière
heure arrivée. Je fis entendre du
mieux que je pus à mon conducteur qu'il m'était impossible
d'aller plus loin. Le changement

rapide qu'il aperçut en moi, mon
extrême faiblesse, ne lui prou-
vèrent que trop le danger où j'é-
tais. Il parut touché de pitié;
peut-être aussi craignait-il que;
périssant entre ses mains, on ne
le rendît comptable de ma mort,
quoi qu'il en pût être, au moment
que nous passions en vue d'un
magnifique château, il arrêta la
voiture, et me laissant seul sur
la route, il alla à pied de ce côté,
en suivant une longue avenue.
Une demi-heure s'était à peine
écoulée, que je le vis revenir avec
un air de vive satisfaction. Il remonta près de moi, et dirigea la
voiture vers cette habitation, en
me faisant signe de reprendre
courage.

A mesure que nous appro-
chions de cette demeure, tout ce
que j'apercevais me donnait une
plus haute idée du maître. Un
parc immense, de vastes jardins
dessinés avec élégance, des dé-
pendances considérables, annon-
çaient la résidence de quelque
grand personnage. Nous passâmes d'abord sur un grand pont-
levis pour arriver à la première
porte; on voyait des deux côtés
des corps-de-garde, des guérites,
des poteaux chargés d'armoiries.
Une première cour présentait, sur
la gauche, de très-belles serres
chaudes, surmontées d'un kiosk
chinois; à droite, les ateliers d'un
grand nombre de métiers; puis

une seconde cour entourée de grands bâtimens qui paraissaient être le logement des officiers de la maison, et enfin une troisième, formée de quatre beaux corps de logis. Aux quatre angles extérieurs étaient des tourelles très-élevées, dont on apercevait les flèches dorées du milieu de cette même cour.

Ce fut là que la voiture s'arrêta. Le Cosaque sauta à terre, et traversant la foule des serviteurs qui nous entouraient déjà, entra dans l'intérieur du logis. Accablé par la souffrance, n'ayant ni force ni volonté, je restai exposé à tous les regards, attendant, avec cette résignation que donne l'excès de l'infortune, ce qu'on déciderait de mon sort. Mon conducteur reparut après quelques instans; il était suivi d'un homme qui paraissait avoir de l'autorité sur cette multitude : par son ordre, on fit rétrograder la voiture dans la seconde cour; là, deux valets adroits et vigoureux m'enlevèrent de cette espèce de cage où j'étais enfermé depuis cinq jours; puis, gagnant un long corridor où aboutissaient plusieurs portes, toutes surmontées de grandes cornes d'élan, ils me firent entrer dans une chambre proprement meublée, mais sans aucune magnificence, et ils me déposèrent sur le lit avec précaution.

Épuisé par ces derniers efforts, je restai dans la situation où l'on m'avait placé, incapable d'aucun mouvement, et jouissant machinalement d'un premier moment de repos. Il fut bientôt troublé : tous les commensaux de cette immense demeure accoururent dans l'appartement pour me considérer plus à leur aise : un prisonnier français, qu'ils jugeaient un officier d'importance, devait être pour eux un objet nouveau, et jusquà cette époque, il l'était en effet.

Tous me regardaient avec l'expression de la pitié ; mais leur entretien, qui me parut d'autant plus bruyant que je n'entendais

pas leur langue, me devenait
très-fatigant, et je cherchais
quelques moyens de les écarter,
lorsque je vis entrer une jeune
fille, mise avec une certaine
élégance, et qu'à son costume je
jugeai devoir appartenir à la dame
du lieu. Elle fit un geste de la
main; et chacun se tut, puis s'a-
vançant vers moi : « Monsieur,
« dit-elle en français, remerciez
« le ciel; vous êtes en bonne
« maison, et rien ne vous man-
« quera ici : un valet de cham-
« bre adroit et habile soignera
« vos blessures; vous guérirez,
« je l'espère, et quelque jour
« nous parlerons ensemble de la
« patrie. » Après ce peu de mot
elle se retira; et d'un simple

geste, elle fit sortir tout le monde de la chambre.

Il faut être loin de son pays, sans ressources, sans appui; il faut être surtout dans la position cruelle où je me trouvais, pour concevoir l'espèce de ravissement que me causèrent ces paroles. Je cessai de me croire entièrement abandonné dans une terre ennemie, et plein de confiance en cette Providence qui me donnait une preuve si éclatante de sa bonté, j'envisageai avec plus de résignation l'avenir qui m'était réservé.

Après quelques momens, je vis entrer ce valet de chambre qui m'avait été annoncé; il tenait à

la main quelques instrumens de
chirurgie, et il était suivi d'un
serviteur portant des bandelettes,
du linge, de la charpie, etc. Il
commença par me déshabiller
avec une extrême précaution.
L'enflure considérable, occasio-
née par ma blessure, rendait l'o-
pération difficile; quelques coups
de ciseaux allaient résoudre cette
difficulté; mais je tenais à mon
uniforme, seul vêtement qui me
restât, et de la main, j'écartais
doucement les ciseaux. L'adroit
valet de chambre saisit ma pensée; au lieu de couper, il décousit,
et bientôt on put juger de mon
mal : il était grave, le défaut de
soins l'avait encore empiré; et je

vis avec douleur que ma guérison
ne pouvait être que très-éloignée;
heureux encore de n'en perdre pas
l'espoir.

Ce premier pansement termi-
né, on me recoucha avec attention; puis on m'apporta un bouil-
lon, et on me laissa reposer.

Cette première nuit fut douce;
je dirai plus, elle fut heureuse.
O que de jouissances naissent
d'une privation antérieure ! j'eus
quelques heures d'un sommeil
paisible; et même, en dormant,
j'avais le sentiment de ma nouvelle position. Le réveil fut bien
différent : mes premières pensées, suspendues un moment par
la souffrance, reprirent toute leur

force; je songeai à mon père, à ma tendre mère, à cet être dont je chérissais le souvenir; j'étais déchiré de leurs inquiétudes. Pour eux, plus de nouvelles, ou des nouvelles fatales, sans qu'il me fût possible de leur faire connaître la vérité. Quand devait se terminer cette guerre cruelle qui semblait n'avoir pour objet que la destruction de l'un ou l'autre empire? Quelle en serait l'issue? L'avenir ne se montrait à mon imagination que sous les couleurs les plus sombres; et, après avoir remercié d'abord la Providence, je me désespérais de sa rigueur.

L'isolement où je me voyais

condamné ajoutait encore à cette
disposition mélancolique. Deux
fois par jour le valet de chambre
venait me panser, et certes il y
mettait tous ses soins ; mais nous
ne pouvions nous entendre , et,
malgré toute son intelligence ,
j'avais une peine infinie à me
faire comprendre de lui, pour les
choses les plus simples. Un domestique était attaché à mon service ; toujours près de ma porte ,
je n'avais qu'à sonner pour le
voir paraître à l'instant. Aussitôt
qu'il était là , je ne pouvais que
lui faire des signes que , pour
l'ordinaire, il n'entendait pas ,
et je finissais par lui faire celui
de se retirer. Le silence est com-

pagnon naturel de la solitude ; il
devient accablant au milieu des
hommes. Je ne savais en quel
lieu le sort m'avait jeté, j'ignorais quels en étaient les maîtres.
Je ne reçus d'eux aucune visite ,
aucun message, et j'étais morti-
fié de cet oubli où j'étais forcé de
reconnaître une sorte de dédain.
J'avais espéré revoir cette jeune
Française qui m'avaitadressé les
premiers mots à mon arrivée ; je
désirais passionnément avoir avec
elle un moment d'entretien ; elle
ne reparut point.

Je passais mes journées en-
tières au lit ; elles étaient tristes.
Pas d'entretien, pas de livres ;
aucune espèce de communication

qui pût me procurer la plus légère distraction. On me servait avec une propreté extrême ; mes repas se composaient d'alimens choisis, dont la quantité était toujours proportionnée à mon état de santé ; le vin était délicat; on me donnait de très-beau linge en abondance ; enfin, rien ne me manquait, quant aux besoins de la vie; mais ce n'était pas ceux-là qui m'occupaient le plus.

Pendant près de trois mois, je restai dans le même état, je dirais presque dans la même position. Enfin, ennuyé de mon immobilité, j'essayai de quitter le lit, et avec un appui, je pus me traîner lentement dans ma cham-

bre. Je gagnai une fenêtre; elle
avait vue sur les jardins. O
quel retour pénible ce premier
aspect fit naître en moi! Ce n'é-
taient plus cette verdure éclatante, ces arbres chargés de fruits,
ces couleurs si vives. Parmi les
statues, les obélisques, les bas-
sins de marbre, on apercevait
quelques groseilliers, des pom-
miers nains, de faibles arbustes
dédaignés dans nos climats; encore, ces chétifs enfans d'une
nature expirante paraissaient
craindre de s'élever; et, serrés
contre la terre, ils ne dépas-
saient pas la hauteur ordinaire
des neiges. On était à peine au
commencement de l'automne,

que déjà on cherchait à défendre ces misérables productions contre les rigueurs de l'hiver, et je souris de pitié en voyant des jardiniers empailler avec beaucoup de soin un peuplier d'Italie qui avait atteint jusqu'à six pieds de hauteur.

Bientôt, fatigué de ce tableau si sombre, je vins m'asseoir près de mon poële; et là, tout entier à mes souvenirs, je finis par remercier le ciel, qui semblait ne me montrer ces lieux désolés que pour me faire mieux sentir les charmes de ma patrie.

Cependant mes forces renaissaient peu à peu, et bientôt j'osai me hasarder jusqu'à l'extré-

mité du corridor; il se terminait
par une sorte de perron garni de
siéges, d'où un escalier de quelques marches conduisait dans
un cabinet de verdure. Je m'assis sur un sofa pour me reposer
après un premier effort, et jouir
des derniers rayons d'un soleil
bientôt sans chaleur. J'y étais
placé à peine, que j'entendis parler dans le jardin avec beaucoup de véhémence; et ce qui
excita vivement ma curiosité,
on parlait français. Je me levai doucement, et m'approchant
d'une fenêtre, j'aperçus distinc-
tement deux femmes, dont l'une,
vêtue de noir, était assise sur un
banc garni d'une peau d'ours, et

l'autre, qu'à la voix je reconnus
pour la jeune Française, était à
ses pieds. Toutes deux me tour-
naient le dos, et ne me voyant
pas, elles continuèrent leur entretien. La dame en noir, que je
jugeai bien vite être la maîtresse,
faisait à la suivante de vifs reproches, et celle-ci s'efforçait de
se justifier. « Je vous jure, ma-
« dame, disait-elle, que je ne
« lui ai parlé qu'une seule fois,
« le jour même qu'il est arrivé
« ici; vous-même me l'aviez per-
« mis, et depuis ce moment,
« jamais je ne me suis approchée
« du lieu qu'il habite.—Je veux
« bien le croire, répondit la
« dame; mais souvenez-vous que

« si vous lui dites un seul mot,
« et que j'en sois instruite, dès
« ce moment vous cessez de m'ap-
« partenir. Je hais cet étranger ;
« j'ai sa nation en horreur ; et
« s'il a été reçu dans cette mai-
« son, c'est contre ma volonté.
« — Ah madame ! si, comme
« moi, vous l'aviez vu pâle, dé-
« fait, ensanglanté, étendu sur
« ce lit comme une pauvre vic-
« time ; vous-même, oui, vous-
« même auriez eu compassion
« de ce malheureux jeune hom-
« me. — Non, dit la dame d'une
« voix ferme. — Eh quoi ! vous
« qui êtes si bonne, si géné-
« reuse, qui n'avez jamais vu un
« être souffrant sans le secou-

« rir, auriez-vous donc laissé
« périr sans secours cet infor-
« tuné ? — Oui, je l'aurais dû.
« Que sont venus faire ici ces
« Français ? outrager notre reli-
« gion et notre souverain ; porter
« la destruction dans cet em-
« pire, faire à jamais mon dé-
« sespoir et celui de ma famille.
« Non, de tels êtres ne sauraient
« inspirer de compassion. La
« justice divine les exterminera
« tous, et celui-ci est le premier
« frappé. — Madame, reprit la
« jeune fille, je n'ose rien dire ;
« mais ce pauvre blessé a une
« figure si distinguée, des ma-
« nières si nobles, qu'il ne sau-
« rait être coupable de tout ce

« que vous dites là. — Qu'il soit
« ce qu'il voudra; qu'il vive ou
« qu'il périsse, je ne veux pas
« entendre parler de lui. »

Je me sentis blessé de ces derniers mots ; et par l'effet d'une
résolution soudaine, je ne crai-
gnis pas de descendre dans ce
cabinet. Au bruit que je fis en
entrant, la dame tourna la tête,
et voyant un étranger si près
d'elle, se leva pour s'échapper.
Mais ce réduit n'ayant qu'une
issue que j'occupais, elle ne voulut pas s'approcher de moi, et
elle prit le parti de se remettre
sur son siége. Quoique prévenu
fortement contre elle, je restai
étonné à son aspect ; c'était l'é-

clat et la vivacité des Françaises,
unis à la pureté des beautés du
Nord. Je m'assis à quelque distance, et d'une voix encore affaiblie : « Madame , je n'ai pas cou-
« tume d'écouter ce qui ne s'a-
« dresse pas à moi ; mais, conduit
« près de vous, sans le vouloir,
« j'ai eu le malheur de vous en-
« tendre. » Elle me regarda avec
fierté. Je continuai : « J'ai voyagé
« en plusieurs pays ; partout j'ai
« vu les femmes sensibles, com-
« patissantes, généreuses, et
« s'efforçant de réparer, par
« leurs douces vertus, les maux
« que se font les hommes ; je les
« croyais toutes nourries du lait
« de l'humanité, il fallait venir

« ici pour être détrompé. Elle
rougit, et d'un ton sévère : « Je
« trouve étrange que l'on vienne
« chez moi pour me donner des
« leçons. » Puis se tournant vers
la suivante : « Julie, apprenez
« tout à monsieur, je vous le
« permets. » La jeune fille hési-
« sitait. « Parlez, vous dis-je. »
Enfin, surmontant son embar-
ras : « Monsieur, dit - elle, l'é-
« poux de madame vient de
« périr dans les derniers com-
« bats; il est inutile de vous en
« dire davantage. » La dame se
détourna pour cacher ses larmes ;
j'en fus ému, et, quelque injuste
qu'elle se fût montrée à mon égard,
je la trouvai moins blâmable,

« Madame, dis-je, je vous plains,
« je déplore également le sort
« d'une victime. Hélas ! moi-mê-
« me j'en suis une ; mais je l'at-
« teste, la main qui m'a frappé
« ne m'inspire pas de haine. Le
« crime est à ceux qui comman-
« dent la guerre, le malheur
« pour ceux qui la font. »

Je prononçai ces paroles avec
chaleur ; l'émotion que me cau-
sait cette scène inattendue, l'impression du grand air après une
longue retraite, me troublèrent
tout à coup ; je me levai par un
mouvement involontaire, et après
avoir chancelé un moment, je
tombai à ses pieds sans connaissance.

J'ignore combien de temps je
passai en cet état; lorsque j'ouvris les yeux, je vis près de moi
le valet de chambre qui s'efforçait de me rappeler à la vie. Dans
ces premiers momens où les sens
ne saisissent encore que les objets
extérieurs, je remarquai qu'il tenait à la main un superbe flacon
de cristal, monté en or, qu'il me
faisait respirer à chaque instant.
Ce bijou était si magnifique, que,
selon moi, il ne pouvait appartenir qu'à la dame du lieu; je
présumai qu'au moment de ma
chute, elle ou sa femme de chambre s'étaient efforcées de me rendre à la lumière, jusqu'à ce
qu'elles eussent appelé à mon se-

cours. Je fus confirmé dans cette opinion, lorsqu'ayant été porté sur mon lit, on laissa près de moi ce même flacon. Cette idée me toucha; je trouvais quelque douceur à penser que, malgré la plus forte prévention, une femme est toujours accessible à la pitié.

Cet incident retarda pour long-temps ma guérison; ma chute avait rouvert une blessure qui commençait à se fermer; et plusieurs semaines se passèrent avant que je me trouvasse au même point. Enfin, j'y arrivai après de nouvelles souffrances, et pendant cet intervalle, les attentions les plus délicates me furent prodiguées, sans que les maîtres du lieu daignassent une seule fois me faire connaître leur existence, ou s'informer de la mienne.

Cette espèce d'abandon me faisait une vive peine; j'y voyais l'expression d'un dédain dont je me sentais blessé, et je résolus, quoi qu'il en pût arriver, de mettre fin à cette position singulière. Aussitôt que le projet fut conçu, je m'occupai de l'exécution. Je fis entendre par signes, au domestique attaché à mon service, que je désirais écrire; quelques momens après, il m'apporta de très-beau papier, du sable d'azur, une jolie écritoire, et tout ce qui m'était nécessaire. J'écrivis sur-le-champ cette courte lettre au maître de la maison, quel qu'il pût être.

« L'officier français qui a été « reçu dans ce château avec « une compassion si généreuse, « voudrait en exprimer sa re- « connaissance à son bienfaiteur, « et il le prie de lui faire savoir « si sa visite lui serait agréable. »

Je remis cette lettre au serviteur, en lui faisant entendre, de mon mieux, à qui il devait la remettre. Une heure s'était à peine écoulée, que je reçus cette réponse encore plus courte.

« Le comte de *** recevra, « avec plaisir, monsieur l'offi- « cier français. »

Je me décidai, dès le soir même, à faire cette première visite. Je mis mon uniforme, je m'arrangeai aussi proprement qu'il me fut possible ; et, soutenu par un serviteur, je me rendis à l'habitation principale ; on me fit passer par une longue galerie, toute garnie de tableaux magnifiques, ou de portraits de famille ; après avoir traversé de riches appartemens, j'arrivai enfin dans une dernière pièce où était le comte de ***. Il était couché sur un sofa, dans l'attitude d'un malade. Près de lui était cette jeune dame, si belle et si dédaigneuse, que j'avais vue dans le jardin. Elle brodait sur un métier, à côté de son père ; elle ne fit aucun mouvement à mon arrivée. Je lui fis une salutation profonde, elle n'y répondit qu'en abaissant à peine la tête sur son métier. Puis je m'approchai du comte, et le saluai avec respect. C'était un vieillard d'une physionomie spirituelle. Il avait les manières polies d'un grand seigneur, et ses cheveux blancs lui donnaient un certain air de supériorité que son rang n'eût pas suffisamment justifié.

« Monsieur, me dit-il, je vous
« demande pardon si je ne me
« lève pas ; la goutte me retient
« sur ce siége ; mais asseyez-vous
« près de moi, et recevez mes

« félicitations sur votre meilleure
« santé. — C'est à vous que j'en
« dois le bienfait, répondis-je ;
« je périssais à votre porte si
« vous ne m'aviez accordé une
« hospitalité généreuse ; et je....
« —Laissons cela ; entre les hom-
« mes, les services vont sans
« cesse de l'un à l'autre, et pour
« l'ordinaire, tous sont quittes à
« la fin du compte. » Puis, chan-
geant de propos, il me demanda
mon nom, mon âge, quel était
mon grade, ce que faisaient mes
parens. Après avoir répondu sur
les premiers points, je dis que
ma famille, après avoir subi les
rigueurs de l'émigration, avait re-
couvré, dans son pays, une assez

belle propriété où elle vivait honorablement. « C'est fort bien,
« dit-il; mais après avoir émigré,
« comment avez-vous pu vous
« résoudre à vous battre contre
« votre propre cause? — Mon-
« sieur le comte, dis-je, j'ai
« eu d'abord la même pensée;
« mais lorsque j'ai vu l'empereur
« Alexandre, le puissant souve-
« rain de toutes les Russies, faire
« la paix avec Napoléon, j'ai cru
« que je pouvais aussi faire la
« mienne. » Il ne put se défendre de sourire, et passant bien
vite à un autre sujet, il voulut
savoir quelle impression avait
produite sur moi le premier aspect de la Russie.

« L'opinion qu'un étranger
« peut prendre d'une contrée
« quelconque, répondis-je, dé-
« pend moins de ce qu'elle peut
« valoir en réalité, que de la si-
« tuation où lui-même se trouve
« en ce moment; et la mienne
« était si déplorable, que je n'ai
« pas dû conserver un souvenir
« heureux de ces pays que j'ai
« traversés si rapidement. » J'a-
joutai que ne connaissant pas la
langue, le défaut de communications, soit avec mon compagnon de route, soit avec les habitans, rendait encore le tableau
plus triste. « Eh bon Dieu! s'é-
« cria-t-il, gardez-vous de l'ap-
« prendre! à quoi vous servirait

« le russe ? Mais vous savez ap-
« paremment quelque autre lan-
« gue ? » Je dis qu'outre ce qu'on
enseigne dans les universités, je
savais l'allemand, puisque j'a-
vais été élevé en Allemagne, et
que j'avais quelque usage de la
langue de mon propre pays.
« —Votre éducation paraît avoir
« été soignée. — Elle est telle
« que la reçoit parmi nous tout
« homme bien né. — Cela de-
« vrait être; mais je crois que
« vous aimez mieux faire hon-
« neur de cette bonne éducation
« à la généralité de vos compa-
« triotes, que d'en faire pour
« vous l'objet d'une exception
« flatteuse. Ce sentiment est loua-

« ble, et je ne peux qu'y applau-
« dir ; mais je connais la France,
« j'y ai passé plusieurs années ,
« et vous me permettrez de n'être
« pas tout-à-fait de votre avis. »

Alors il me parla de ses propres voyages, et je pus voir que,
très-épris des agrémens de la
France , il avait peu d'estime
pour les Français , et surtout
pour leur gouvernement. Quelle
que fût mon opinion particulière
sur ce dernier point , cette disposition me tint en garde contre
tout ce que le comte pourrait hasarder sur une cause que je ser-
vais, et sans manquer aux égards
que je lui devais à tant de titres,
je repoussais avec mesure toute

tentative à ce sujet. Par une suite
de ces mêmes égards, j'eus soin
de ne dire pas un seul mot qui
pût rappeler le malheur dont cette
famille avait été frappée. Je ne
sais si cette attention fut remar-
quée; mais, par l'effet d'une déli-
catesse du même genre, on me
laissa ignorer les désastres de nos
armées, dont on avait déjà les
premières nouvelles.

Il était six heures, c'était le
moment du dîner. Je me levai
pour me retirer, en demandant la
permission de revenir. Le comte
me l'accorda de bonne grâce,
ajoutant que, dans la retraite où
ses infirmités le retenaient, la
société d'un honnête homme lui

serait toujours agréable. A ces mots , je remarquai sur le visage de la dame une vive expression de dépit. Je m'approchai d'elle ; je m'inclinai pour la saluer, et en me relevant, je posai, sur une petite table qui était à ses côtés, ce flacon de cristal que je supposais lui appartenir. Elle ne parut pas s'en apercevoir, et ne fit aucun mouvement.

En sortant , je vis dans la seconde pièce une table toute dressée , avec deux couverts ; des serviteurs la prirent au même instant pour la porter près du malade. Je sentis que ma visite, un peu trop prolongée, avait pu déranger les habitudes d'un vieil-

lard, et je me promis d'être plus
réservé à l'avenir.

Je revins dans mon logement.
Je me trouvais heureux de savoir
du moins quels étaient mes hôtes,
en même temps que je m'applaudissais d'une réception à laquelle
je n'aurais osé m'attendre. J'a-
vais trouvé dans le comte cette
bienveillance dont je sentais le
besoin. Après avoir été privé de
toute société, j'avais enfin le bonheur de retrouver des êtres hu-
mains; et cette communication
facile me semblait une nouvelle
entrée à la vie. Je me rappelais
encore cette jeune dame si belle
et si farouche, et je me la rappelais avec un intérêt que ses dé-

dains même ne pouvaient affaiblir. Son malheur, sa rare beauté
peut-être, me faisaient pardonner à ses manières offensantes ;
j'étais sensible à sa douleur, et je
lui accordais sans efforts cette
pitié qu'elle me refusait.

Mais l'idée la plus douce qui
me restât de cette soirée, naissait
de l'espoir de correspondre avec
ma famille, par l'entremise du
comte. Les malheureux se hâtent
d'espérer, et déjà j'établissais entre mes parens et moi des relations devenues impossibles par
l'effet des événemens que j'ignorais encore.

Dès le lendemain, usant de la
permission qui m'avait été accor-

dée, je fis une nouvelle visite. Le comte me reçut mieux encore que la veille, et sa fille avec la même froideur. J'avais pris à l'avance la détermination de ne lui adresser jamais la parole ; de son côté, elle ne disait pas un seul mot en ma présence, et jamais ses yeux ne rencontraient les miens. Son père me parla littérature, sciences et arts, et il étalait sans efforts cette universalité de connaissances qui étonne d'abord les hommes véritablement instruits, mais que l'on doit se garder d'approfondir. Savoir beaucoup, raisonner peu, prononcer hardiment sur toute chose, tel est assez ordinairement le partage

des Russes de distinction. Comme
les pierres polies de ce même
pays, la plupart d'entre eux ne
brillent que par la surface. J'eus
bientôt une preuve de cette vérité : le comte aimait surtout la
botanique ; il avait dépensé de
grandes sommes, disait-il, pour
réunir dans ses serres les plantes
les plus rares ; en effet, j'avais
remarqué tout d'abord que les
vases dont l'appartement était
décoré, étaient remplis de ces
belles fleurs qu'on ne voit que
dans les jardins des curieux. Je
dis que je n'étais pas étranger à
cette science. Aussitôt, il se fit
apporter les vases l'un après l'autre, et il me demandait le nom

de chaque fleur. Nous étions rarement d'accord. Il soutenait son opinion en maître de maison, je défendais la mienne en botaniste; il citait une autorité, je lui opposais la véritable, et dans chacune de ces décisions, je finis par le convaincre, le livre à la main, jusqu'à ce que, prenant son parti en homme de bonne compagnie : « C'est à merveille, dit-il en « riant, je vois maintenant à qui « j'ai affaire; et je comprends « que je ferai mieux de vous « demander le catalogue de mes « plantes que de disputer avec « vous. Par malheur je ne mar- « che pas, et vous ne marchez « guères; mais nous ferons ve- « nir ici ce que nous ne pou-

« vons aller chercher ; et renver-
« sant les lois de la nature, ce se-
« ront les plantes qui viendront
« trouver le botaniste. » En effet,
après m'avoir demandé les noms
de tout ce qui était là, chaque
jour de nouvelles fleurs rempla-
çaient celles de la veille ; et suc-
cessivement, je passai les serres
en revue sans en approcher. Mais
ce qui m'étonna le plus, fut de
voir cette jeune dame qui ne voulait avoir avec moi aucune espèce
de rapport, écrire à la dérobée
tout ce que je disais à son père ;
de sorte que je me trouvais jouer
le rôle d'un maître sans qu'on
daignât recevoir mes leçons.

Ces manières si froides, si sévères, n'eurent pas un seul instant de relâche. Dans les premiers momens, je ne m'en étonnai pas ; la cause m'en était connue, elle était légitime, et sous ce rapport, je n'avais pas droit de me plaindre ; mais l'état déplorable où j'étais réduit, l'exemple d'un père surtout, devaient, selon moi, adoucir cet excès de rigueur ; je m'étais trompé. On resta inflexible ; bien plus, on ne laissait échapper aucune occasion de me mortifier. Si la dame sortait pour un moment, je ne manquais jamais de me lever quand elle rentrait ; alors elle faisait une légère révérence qui semblait n'être adressée qu'à son père, et, remise

devant son métier, elle repre-
nait tranquillement son ouvrage.

Quelquefois la jeune Française
venait se rendre à ses ordres,
qu'elle donnait toujours dans la
langue du pays, comme si, ne
voulant pas me parler, elle eût
craint même d'être entendue.
Pendant ce temps, la pauvre fille
osait à peine jeter à la dérobée
un regard sur moi; et elle semblait me dire que toute communication lui était sévèrement dé-
fendue, même toute pitié envers
un malheureux.

Encore une légère circonstance : ce flacon que je lui avais rap-
porté, lors de ma première visite, resta constamment à la place

où je l'avais mis; on eût dit qu'il avait cessé de lui appartenir, par cela seulement qu'il m'avait servi.

Le comte paraissait souffrir de ces marques d'aversion, et il s'efforçait d'en adoucir l'amertume par des manières toujours plus obligeantes. Souvent il tâchait, par des moyens détournés, de faire participer sa fille à l'entretien, jusqu'à ce qu'enfin, craignant sans doute de compromettre la dignité paternelle, il cessa de vains efforts, et il se contenta de se montrer d'autant plus affectueux, d'autant plus aimable, qu'elle se montrait plus dédaigneuse.

Un jour que la conversation

s'était prolongée plus long-temps
que de coutume, j'eus lieu de
craindre d'avoir retardé l'heure
du repas, circonstance toujours
grave pour un vieillard malade,
assujetti à un régime exact. J'en
fis l'observation en me levant
pour prendre congé. Le comte
adressa en russe quelques mots
à sa fille, du ton d'un homme
qui fait une proposition. Sans lever les yeux, elle n'y répondit
que par un monosyllabe très-
sec. Son père me salua avec politesse, en me disant qu'il comp-
tait sur moi pour le lendemain,
et je me retirai. Je ne doutai pas
qu'il n'eût engagé sa fille à me
retenir à dîner, et qu'elle ne s'y
fût refusée.

Quelle que fût la dureté, je dirai même l'injustice de cette jeune dame à mon égard, je résolus de ne changer jamais de conduite envers elle. Je me montrai toujours poli sans empressement, respectueux avec dignité; j'étais attentif même. Si son dez ou ses ciseaux venaient à tomber, je me hâtais de les relever, je les remettais à leur première place en m'inclinant légèrement, sans qu'elle parût même s'en apercevoir. Mais je ne cherchais pas les occasions de m'approcher d'elle, ou de lui adresser la parole, et, quoique touché de ses charmes, je ne fis aucune tentative pour le lui faire connaître. Cette con-

duite parut lui convenir sans lui
plaire. Ainsi une jeune femme
remplie d'agrémens, un jeune
homme sensible, ne pouvant
tous deux que s'estimer, vivaient
près l'un de l'autre; ils se voyaient
tous les jours, sans s'être adressé
mutuellement une seule parole ou
un simple regard; et par l'effet
d'une circonstance unique, les
grâces cessèrent d'être compa-
gnes du désir de plaire.

Cette situation bizarre durait
depuis plusieurs mois, lorsqu'un
soir je remarquai un mouvement
extraordinaire dans toute la maison. Les serviteurs, habituelle-
ment silencieux, étaient dans une
agitation extrême; ils allaient,

venaient, se heurtaient, et leurs éclats de voix retentissaient jusqu'au lieu retiré que j'habitais. Je ne doutai pas qu'il ne fût survenu quelque grand événement; je ne cherchai pas à le deviner, et je me rendis chez le comte à l'heure accoutumée. Aussitôt qu'il m'eut aperçu : « Venez, « monsieur, dit-il en me tendant les bras, venez prendre « part à notre joie et félicitez « ma fille; c'est aujourd'hui le « plus beau jour de sa vie. » Selon son usage, elle était assise auprès de lui; pour la première fois, elle se leva à mon arrivée, et me faisant un salut plein de grâces : « Monsieur, dit-elle d'une voix

« bien différente de celle que j'a-
« vais entendue dans le jardin ,
« j'étais hier, ce matin même,
« la plus malheureuse des fem-
« mes, et par un coup du ciel,
« je suis maintenant la plus for-
« tunée. — Oui, dit le comte,
« son mari, dont un faux rapport
« nous avait annoncé la fin dé-
« plorable, son mari est plein de
« vie; lui-même nous en apprend
« la nouvelle, il est en route
« pour nous rejoindre, et nous
« le verrons sous peu de jours. »
Je fis un cri de joie à cette annonce. « Ce n'est pas tout, pour-
« suivit-il, vous apprendrez avec
« plaisir que sa lettre est remplie
« d'expressions de reconnais-

« sance pour les bons traitemens
« qu'il a reçus de vos compatrio-
« tes. Cette circonstance ajoute
« encore à notre satisfaction, et
« je me trouve heureux de vous
« l'apprendre.

« — Ah ! m'écriai-je, cette
« dette, si c'en est une, est ac-
« quittée depuis long-temps, et
« ce que vous avez fait en ma fa-
« veur dépasse, à coup sûr, ce
« que nos Français ont pu faire
« pour lui. — Nous en sommes
« loin encore, répliqua-t-il; mais
« nous reviendrons plus tard sur
« ce point. Pour le moment, je
« me bornerai à vous dire que
« mon gendre est un brave jeune
« omme ; vous êtes un loyal

« militaire, vous êtes fait pour
« vous aimer l'un l'autre, et vous
« vous aimerez. » Un regard de
satisfaction me montra que la
dame approuvait ce que disait son
père, et elle put voir que j'y étais
sensible.

« Monsieur, dit le comte, je
« veux donner cette soirée tout
« entière au plaisir de parler de
« ce qui nous intéresse si vive-
« ment; j'aime surtout à m'en
« entretenir avec un digne Fran-
« çais, et je vous prie instam-
« ment de nous faire l'honneur
« de dîner avec nous. Tu le veux
« bien, ma fille ?— Mon père,
« n'êtes-vous pas le maître? —
« Je ne l'ai pas toujours été, ré-

« pliqua-t-il en riant; mais je ne
« veux pas m'en souvenir. » Je
m'inclinai en signe d'adhésion,
et l'entretien reprit son premier
objet. Le comte prenait plaisir à
parler de son gendre; il vantait
son courage, son esprit, ses ta-
lens; sa fille insistait sur ses bon-
nes qualités, sur ses agrémens
extérieurs. C'est le meilleur officier de l'armée russe, disait l'un;
c'est le meilleur, le plus tendre
des époux, disait l'autre. Tous
deux se réunissaient pour bénir
les êtres généreux à qui ils devaient sa conservation; et moi-
même, oubliant ma propre infortune, je partageais la joie d'une famille si long-temps malheureuse.

Après avoir été souffert plutôt
qu'admis dans cette maison, je
jouissais de me voir associé, pour
ainsi dire, à ses intérêts les plus
chers. Bientôt on se mit à table.
Le repas fut agréable ; la dame
faisait les honneurs du service ;
elle était envers moi, polie avec
réserve, attentive sans familiarité ; et dans sa plus grande expression de bonté, elle conservait
une sorte de dignité qui rappe-
lait encore ce que j'étais loin
d'oublier. On eût dit qu'en chan-
geant tout-à-fait de ton à mon
égard, elle eût craint d'avouer
une première injustice ; et par
l'effet d'une adresse à laquelle
j'applaudissais intérieurement,

un reste de fierté se mêlait encore à ses manières obligeantes, de sorte qu'en me félicitant du présent, je ne pouvais accuser le passé.

Sans avoir rien à réparer, le vieux comte suivait une marche plus simple. Craignant de n'avoir pas fait assez pour moi, il aurait voulu faire davantage ; et il en cherchait franchement les occasions. « Votre loge- « ment, me dit-il, est trop éloi- « gné du nôtre ; vous ne mar- « chez qu'avec effort, et, dans « votre état, il faut abréger les « distances. » Je répondis que cette difficulté avait été plus grande qu'elle ne l'était en ce moment, que je me trouvais com-

modément au lieu où l'on m'a-
vait placé, et que je désirais y
rester. « Non, non, continua-t-il ;
« à votre arrivée ici, la saison
y« était belle ; les communica-
« tions étaient faciles ; mais nous
« voilà au milieu de l'hiver, et
« le moindre trajet devient pé-
« nible, par ce froid rigoureux
« auquel un Français n'est pas
« accoutumé. » En même temps
il voulut donner des ordres pour
que ce changement eût lieu sur-
le-champ. J'aurais dû, peut-être,
accepter et remercier ; mais, par
un mouvement de vanité que je
n'essaierai pas de justifier, je ne
me rendis pas à ces instances ; il
m'en coûtait de devoir à une cir-

constance particulière une distinction que l'on ne m'avait pas
accordée dès le premier jour ;
c'eût été, selon moi, reconnaître
que l'on m'avait traité avec infé-
riorité ; et, guidé par ce sentiment
secret, je persistai dans mon refus. Le comte n'insista pas davantage ; mais, au moment que
j'allais prendre congé, il se fit
apporter une très-belle pelisse
de loup-cervier, et lui-même me
la présentant : « Puisque vous
« voulez absolument vous ex-
« poser, le soir, à notre froid de
« Russie, j'exige que vous vous
« précautionniez contre sa ri-
« gueur. » Il eût été désobligeant
de répondre par un second refus

à une attention délicate; j'acceptai sans difficulté ce qui m'était offert de bonne grâce; et on parut sentir qu'en cette occasion le plus grand effort était de mon côté.

Je sortis enveloppé *dans ma maison russe*, selon l'expression d'un homme célèbre, et je regagnai mon logement modeste. L'heureuse nouvelle que je venais d'apprendre m'occupa la nuit entière. J'en ressentais une joie sincère, et par un sentiment personnel je trouvais de la douceur à penser que, dès ce moment, tout ce qu'on avait fait pour moi, dans cette maison, cessait d'être dû à la seule pitié. Que l'on ne se hâte

pas de me condamner; certes,
j'étais loin de vouloir retrancher
au bienfait pour affaiblir la reconnaissance; mais il en coûte
de devoir sans cesse à des étrangers; et la dignité personnelle
cherche à se relever dans le malheur.

Bientôt un retour pénible sur
ma propre situation troubla cette
félicité d'un moment. Hélas! me
disais-je, la position de ma famille doit être la même qu'était
hier celle du comte de***. C'est
la même inquiétude, peut-être
la même annonce; ce sont les
mêmes peines. Je vis, et je n'ai
aucun moyen de leur faire connaître mon existence. L'image

de ce qui venait de se passer si
près de moi ajoutait encore à
ma douleur; et, sans porter envie
à des êtres qui m'étaient devenus
chers, je ne pouvais écarter de
tristes comparaisons.

De longues heures s'écoulèrent
dans ces réflexions douloureuses,
jusqu'à ce que, ramené à des
pensées plus douces, par la seule
mobilité de l'imagination, l'avenir finit par se présenter à mes
yeux sous des couleurs plus rian-
tes. Ce qui venait d'arriver dans
cette maison me donnait l'espoir
de voir s'établir, entre les deux
armées, des communications plus
faciles; et je ne doutais pas que
ce fils, cet époux attendu avec

tant d'impatience, ne m'en indiquât les moyens. Enfin, las de me tourmenter moi-même par des craintes peut-être exagérées, je m'abandonnai à cette Providence qui déjà m'avait si bien servi, et je finis par m'endormir dans son sein.

Dès le matin je vis entrer dans ma chambre cette jeune Française dont j'ai déjà parlé. « Monsieur, dit-elle, on me permet de vous voir, et c'est avec « le consentement de ma maî- « tresse que je me présente enfin « chez vous. — Je suis charmé « de vous voir, répondis-je ; et « depuis long-temps j'en avais « le désir. Je vous dois des re-

« mercîmens de l'intérêt que
« vous m'avez montré dans un
« moment cruel; je ne doute pas
« que vous ne m'ayez rendu bien
« des services que j'ignore. —
« Oui, j'ai trouvé le moyen de
« vous être utile, et les soins
« qu'on a eus de vous tiennent
« un peu à ma recommandation.
« —Je voudrais les reconnaître;
« en ce moment je n'en ai pas
« les moyens; mais j'en conserve
« l'espoir. — Non, non, reprit-
« elle vivement; ce n'est pas cela
« qui m'amène près de vous;
« j'ai voulu seulement vous féli-
« citer d'une guérison qui, sans
« doute, n'est pas éloignée; en
« même temps que sur votre

« changement de position, dans
« cette maison, et m'excuser
« près de vous d'avoir tardé si
« long-temps à vous voir : vous-
« même avez entendu ce qui
« m'avait été dit à ce sujet; croyez
« qu'il fallait un ordre absolu
« pour me tenir éloignée d'un
« habitant de mon pays. Quant
« à vos promesses, je vous en
« rends grâces; mais les bontés
« de ma chère maîtresse me met-
« tent dans une situation à ne
« rien désirer; et, sous ce rap-
« port, c'est moi qui serais dans
« le cas de vous rendre quelque
« service. » Je la remerciai à mon
tour; « mais, ajoutai-je, vous
« avez fait bien plus, en défen-

« dant ma cause avec tant de
« chaleur près de cette jeune da-
« me. — Oui, mes efforts n'ont
« pas eu grand succès, comme
« vous avez pu le voir; depuis
« ce moment j'ai été sur le point
« d'encourir sa disgrâce, pour
« être revenue sur ce même su-
« jet; et plus d'une fois vous
« avez été l'objet de vives dis-
« cussions entre son père et elle,
« sans qu'il ait pu adoucir sa
« haine: Quoi! de la haine, m'é-
« criai-je! Grand Dieu, com-
« ment ai-je pu encourir la haine
« d'un être aimable que je vou-
« drais servir, et que jamais je
« n'ai offensé?—Consolez-vous,
« dit-elle en souriant : ce senti-

« ment a cessé avec la circons-
« tance qui l'avait fait naître.
« Aujourd'hui on ne voit en
« vous qu'un être malheureux,
« et, loin de vous haïr, on serait
« plutôt disposé à vous plaindre.
« Mais je me retire; quoiqu'il
« ne me soit pas défendu de vous
« voir, ou de vous parler, l'or-
« dre de cette maison ne permet
« pas que j'en cherche les occa-
« sions, ou que j'en prolonge les
« instans. Adieu, monsieur; si
« je peux vous être utile, vous
« me le ferez savoir, comptez
« sur moi. »

Je revis le comte et sa fille.
Déjà une seconde lettre avait confirmé la première, et donné sur

la situation du jeune homme des
détails plus satisfaisans encore.
On voulut bien me les commu-
niquer; j'en montrai une joie
sincère; on me sut gré de ce sentiment si naturel, et dès ce moment on le paya d'une confiance
sans réserve.

Malgré son état de souffrance
habituelle, le comte avait de la
gaîté dans le caractère, et il s'efforçait d'en inspirer à sa fille.
« Eh! bien, monsieur, me dit-il,
« vous voyez comme on peut
« compter sur les femmes : cette
« jeune dame me répétait, il y
« a deux jours, qu'elle porterait
« le deuil pendant toute sa vie;
« regardez-la, et voyez comme

« elle tient sa parole.—Oui, dit-
« elle avec un sourire plein de
« charmes, je l'avais donnée de
« bonne foi, et j'y renonce de
« bon cœur. » Après quelques
momens, toujours occupé d'une
seule pensée : « Monsieur le com-
« te, dis-je, le retour de cet être
« qui vous est si cher à tant de
« titres me donne à croire qu'il
« existe un cartel d'échange entre
« les deux puissances. » Il ne
répondit pas. Un peu étonné de
son silence, je continuai cependant : « Vous jugez de l'extrême
« importance que j'y attache.
« Oserais-je vous demander ce
« que vous savez à ce sujet. » Il
regarda sa fille, elle paraissait

embarrassée, et tous deux conti-
nuaient de se taire. Alarmé de
ce mystère : Qu'y a-t-il, dis-je
« vivement ; au nom du ciel, ex-
« pliquez-vous. Quoi que vous
« puissiez m'apprendre, le secret
« que vous y mettriez serait pire
« encore. » Enfin, prenant tout
d'un coup son parti : « Mon-
« sieur, depuis que vous êtes ici,
« de grands événemens ont eu
« lieu. Les ménagemens que l'on
« doit au malheur m'ont empê-
« ché de vous en instruire ; mais
« il devient impossible de vous
« cacher ce qui n'est ignoré de
« personne. Après une bataille
« sanglante, Moskow a été pris
« par les Français, puis incendié

« par les Russes. Votre Empe-
« reur, après de vaines démons-
« trations, tantôt hostiles, tantôt
« pacifiques, a pris le parti de la
« retraite dans une saison déjà
« trop avancée. L'hiver l'a atteint
« au milieu de sa marche, et
« l'armée française est détruite.
« —Quoi! m'écriai-je, cette ar-
« mée si belle, si brave, si long-
« temps victorieuse! — Elle est
« anéantie. La témérité d'un
« seul homme a causé sa perte,
« et lui-même court à la sienne. »

Je demeurai accablé à cette
annonce. Le caractère du comte
m'était trop connu pour que
j'hésitasse un seul moment à le
croire; et je restai convaincu de

la réalité d'une catastrophe pré-
vue dès long-temps par les esprits
éclairés. « Mon gendre, ajouta-
« t-il, vous donnera des détails
« plus étendus; lui-même vous
« apprendra comment il a recou-
« vré sa liberté; mais vous devez
« sentir que ce qui l'a servi vous
« devient défavorable, et vous
« êtes, peut-être, mon hôte pour
« long-temps encore. » L'altéra-
tion de mes traits montrait assez
l'impression cruelle que je ressentais : cette famille généreuse
en parut touchée, et d'autant
plus disposée à la commisération,
qu'elle-même se trouvait plus
heureuse. J'en reçus des marques
d'intérêt qui me touchèrent, si

elles ne me consolèrent pas.

Cette soirée fut triste pour tout le monde. Je m'efforçais en vain de montrer quelque gaîté; mes hôtes tâchaient de contenir la leur, et cette contrainte mutuelle nous embarrassait également. Je me retirai plus tôt que la veille, pour ne pas troubler plus long-temps par ma présence une satisfaction qu'il m'était impossible de partager; et, rendu à moi-même, je réfléchis douloureusement sur le sort de tant d'hommes, périssant misérablement par l'imprudence d'un chef. Dans cette armée, naguère si florissante, j'avais un grand nombre de connaissances plus ou moins intimes,

j'y comptais même quelques
amis. Je dois le dire ici : c'est
parmi les militaires que l'on trou-
vera toujours des amis véritables.
Dans toute autre carrière, les
hommes sont trop souvent divi-
sés par l'intérêt personnel, dé-
guisé sous mille formes diverses,
par des rivalités obscures, par de
folles prétentions; tandis qu'ici,
peu attachés aux biens de ce
monde, parce que tous sont sans
cesse près de leur échapper, ils
en font une noble part à celui qui
en est privé. Toujours appuyés
l'un sur l'autre, une communauté
de dangers, une assistance mutuelle, les conduisent naturellement à l'amitié, de même qu'une

existence sans cesse menacée les
prépare aux émotions douces ; et,
dans un état qui semblerait purement matériel, on trouve des
êtres plus disposés que tous les
autres aux jouissances de l'âme.

Je passai la nuit entière à m'af-
fliger de la destinée de mes chers
camarades. Il ne me vint pas
même à la pensée de m'applaudir
d'avoir échappé à leur malheur ;
je ne songeais qu'à leurs souffrances dans cette grande cala-
mité. Mais tous n'avaient pas
péri, sans doute ; quels étaient les
heureux ? A quel nombre se mon-
taient les victimes ? J'attendais
avec impatience, pour la solution
de ces grandes questions, l'arri-

vée de celui qui seul pouvait les résoudre.

Après huit jours d'une attente mortelle, il arriva ce moment si désiré par tous les habitans de cette maison, si décisif pour l'hôte qu'on y avait admis. J'étais assis près de mon poële, rappelant à ma pensée cette succession rapide de succès et de désastres ; je songeais à ces victoires éclatantes devenues sans effet, et éclairé par le malheur ; je jugeais avec sévérité cette gloire militaire, alors dépouillée de ses rayons ; lorsque je fus tiré de ma rêverie par un grand bruit de chevaux qui fit retentir tout le château. Je sonnai ; dans le désordre de ce

premier moment je ne fus pas
entendu ; sur un second appel
un serviteur se présenta ; il me
fit entendre de son mieux que son
jeune maître venait d'arriver, et
que déjà il était près de sa femme
et de son beau-père. Je ne crus
pas devoir me montrer, surtout
dans ces premiers momens ; et,
d'après tout ce qu'il avait mandé
dans ses lettres, je ne doutai pas
que ce nouvel arrivé ne me fît
quelque prévénance. Mais une
demi-heure s'était écoulée à peine, qu'il remonta sur le même
traîneau qui l'avait amené, et il
disparut avec sa suite. J'étais ex-
trêmement surpris de cette marche, et je cherchais vainement à

me l'expliquer, lorsqu'on m'apporta cette lettre.

« Chargé d'ordres pressans
« pour le gouverneur de cette
« province, à peine ai-je pu don-
« ner quelques momens à ce qui
« m'est si cher. Je poursuis ma
« route, et dans vingt-quatre
« heures je serai de retour ici
« pour y faire un long séjour.
« J'apprends qu'un officier fran-
« çais, blessé ainsi que moi, y
« réside depuis quelque temps;
« le bien qu'on me dit de lui, la
« haute estime que je professe
« pour tout militaire de sa na-
« tion, me donnent un vif désir
« de le connaître. J'aurai cette
« satisfaction demain au soir; et

« je l'invite au repas de famille. »

On est susceptible dans l'infortune ; j'avais craint un moment
d'être oublié, dédaigné même
par celui dont la position était
devenue si différente de la mienne ; et il m'accordait bien au-delà
de ce que je pouvais espérer. Je
fus touché de tant de générosité,
et j'attribuai en grande partie au
comte de *** ces dispositions
bienveillantes. J'allai chez lui, et
lui montrant la lettre que je venais de recevoir : « Monsieur,
« dis-je, il est dans ma destinée
« de recevoir sans cesse de vous
« de nouveaux services. L'époux
« de madame n'a passé ici qu'un
« moment, et déjà il me donne

« des marques d'intérêt. De telles
« dispositions envers un inconnu
« indiquent assez celui qui les a
« fait naître, et c'est à vous que
« j'en rends grâces. — Vous êtes
« dans l'erreur, répondit-il; et,
« dans tout ce qu'il a fait, le co-
« lonel n'a suivi que sa propre
« impulsion. Ce qu'il a appris de
« ma fille et de moi a pu ajouter
« encore à la bonne opinion qu'il
« a de vous; mais la première
« impression vient de lui seul.
« — Oui, monsieur, dit la da-
« me, mon mari nous a raconté
« rapidement ce que les Français
« ont fait pour lui, et je n'en
« saurais parler sans émotion.
« Mais je dois lui laisser le plai-

« sir de vous faire lui-même ce
« récit; pour le moment, je me
« bornerai à vous dire que j'ai été
« injuste envers une nation hé-
« roïque; je l'ai été envers vous-
« même, je reconnais mes torts,
« et pendant que j'agis encore
« de mon propre mouvement,
« je me hâte de vous en offrir mes
« regrets. » En même temps elle
me tendit une main que je baisai
avec respect. « Bien, Catherine,
« s'écria le comte; embrasse ton
« vieux père, tu m'as quelque-
« fois affligé par ta rigueur; mais
« tout est dignement réparé. J'ai
« de bons enfans, et je suis bien
« heureux. »

Enfin, je me trouvais à mon

aise entre deux êtres que je res-
pectais également. Cette réserve
de tous les momens, cette infé-
riorité secrète, suites nécessai-
res d'une position malheureuse,
avaient fait place à une sorte de
dignité. J'étais fier de la conduite
de mes braves compagnons, envers un être infortuné, et j'en
recueillais le noble fruit. Oh!
qu'il est doux d'appartenir à une
nation généreuse!

La confiance que me mon-
traient le comte et sa fille répondait pleinement à la mienne. Ils
ne craignaient pas de s'entretenir
devant moi de leurs intérêts, de
leurs espérances, de leurs pro-
jets; même d'exposer leurs pen-

sées les plus secrètes. D'abord,
séduit par l'ambition, premier
mobile de toutes les actions d'un
seigneur russe, le comte avait
désiré voir son gendre élevé aux
grandes dignités de l'état; les premiers pas avaient répondu à son
attente; bientôt éclairé par l'infortune, effrayé des dangers aux-
quels le jeune colonel était à peine
échappé, il n'aspirait plus qu'à
le garder près de lui, et à passer
ses derniers jours entre ses deux
enfans. Sa fille entrait avec ar-
deur dans sa pensée, ou plutôt
elle - même l'avait fait naître.
Tous deux devaient unir leurs
efforts pour amener le mari à
renoncer au service; et ils me

demandèrent avec instance de contribuer, de tout mon pouvoir, à lui rendre sa maison agréable.

Le comte voulut se faire connaître plus particulièrement à moi : j'appris de lui qu'il avait épousé une princesse polonaise, célèbre alors par sa rare beauté. Elle avait fait, pendant plusieurs années, l'ornement de la cour de Catherine seconde, qui voulut être marraine de leur enfant, et lui donna son nom. Disgraciés tous deux sous le règne suivant, ils se retirèrent avec leur fille unique dans ce même domaine où ils vivaient en ce moment. La mère y mourut après quelques années, recommandant à la tendresse d'un père l'éducation et la fortune de son enfant. Il s'acquitta dignement de ce double soin. Lorsque la jeune personne fut en âge d'être mariée, l'Empereur Alexandre, se rappelant la tendresse de son aïeule pour la belle comtesse, voulut établir sa fille. Il lui fit épouser un jeune seigneur russe, auquel il donna un régiment d'élite, et ce mariage venait à peine d'être conclu, lorsque la guerre fut déclarée.

La soirée entière se passa dans des communications réciproques et faciles. Elle fut agréable pour tous. Le lendemain je revins à l'heure indiquée. La dame était dans son plus grand éclat. Sans

oser lui parler de ses charmes,
je ne pus me défendre de faire
l'éloge de sa parure. C'était l'é-
légance de Paris unie à la magnificence orientale ; j'en fis la
remarque. « Que voulez-vous,
« dit-elle, vos belles Françaises
« brillent de leurs seules grâces,
« tandis que nous autres, pauvres
« femmes du nord, nous nous
« ensevelissons dans les fourru-
« res pour cacher ce qui nous
« manque. » Je souris, et le
comte me regardant d'un air de
satisfaction : « Non, me dit-il à
« voix basse, jamais sa mère ne
« fut plus belle. »

Cependant, le jour tirait à sa
fin, et personne ne paraissait en-

core. L'inquiétude, ce premier sentiment de tout être long-temps malheureux, commençait à se faire sentir; on se regardait sans oser parler, lorsque la porte s'ouvrit, et l'on vit paraître subitement le jeune colonel. Il s'était fait descendre à quelques pas du château pour causer à sa famille une surprise agréable, et il entra tout à coup sans avoir été annoncé. Il embrassa avec tendresse sa femme, qui s'était précipitée vers lui, les bras ouverts; puis, après avoir salué son beau-père, il se tourna vers moi, me prit la main avec cordialité, et s'exprima franchement sur la satisfaction qu'il ressentait en voyant

dans sa maison un officier français. Mais, ajouta-t-il, il est tard,
mettons-nous à table, c'est là
que nous ferons plus amplement
connaissance. Je répondis à ses
prévenances plutôt par mes salu-
tations que par mes discours. Il
faisait clair à peine, et je ne
voyais même pas celui qui s'a-
dressait à moi. Il était enveloppé
dans une pelisse immense; un
bonnet fourré lui couvrait jusqu'au menton, et j'éprouvais cette
impatience que l'on a toujours,
de voir au moins les traits de celui qui nous adresse la parole.

On n'attendait que son arrivée
pour servir. Des valets entrèrent
avec des flambeaux; ils étaient

suivis d'autres portant une table toute dressée, avec quatre couverts. On la mit près du comte ; un des côtés touchait à son lit ; la dame était en regard de son père ; on me plaça entre le père et la fille, et le colonel devait se mettre de l'autre côté. Avant de s'asseoir il se débarrassa avec assez de peine de ses fourrures, qu'il jeta sur un divan, et je vis paraître un jeune officier de la figure la plus noble. « Pardon, « monsieur, dit-il en se rappro- « chant, si je vous fais attendre ; « mes mouvemens ne sont pas « bien libres ; mais vous en êtes « au même point, à ce que je « puis voir, et vous m'accorderez

« sans peine de l'indulgence. »
En disant ces mots, il vint se
mettre en face de moi. Je le regardai avec attention, et ma surprise fut extrême. Il parlait en
ce moment à sa femme, de sorte
qu'il ne s'aperçut pas de mon
trouble. Se tournant ensuite vers
moi : « Monsieur, dit-il, peut-on
« vous demander en quelle oc-
« casion vous avez été si griève-
« ment blessé ? » Plus je l'exami-
nais, plus je croyais le reconnaître. Le son de sa voix, les traits,
l'uniforme même, tout me con-
firmait dans cette pensée. Mais
craignant encore de m'être trompé : « Monsieur, dis-je, c'était
« le treizième jour d'août, sui-

« vant notre style, dans une re-
« connaissance que je fis sur l'aile
« droite de l'armée russe, à peu
« de distance de Smolensk. »
Aux premiers mots que je prononçai, il resta immobile; ses
traits expressifs peignaient en
même temps la surprise et le ravissement; puis, se levant avec
transport, il se précipita vers
moi : « Mes amis, c'est lui; ma
« femme, mon père, voilà le li-
« bérateur de votre époux et de
« votre fils. » Il se jeta dans mes
bras, il me serrait avec force dans
les siens. Mon ami, mon cher
ami, disait-il d'une voix étouffée,
et il m'embrassait avec une ar-
deur impossible à exprimer.

Après ce premier moment
d'effusion, quoi! c'est vous, disait-il, vous que le sort a amené
ici! oh! combien nous sommes
heureux! La jeune dame était
immobile sur son fauteuil, elle
versait de douces larmes; puis,
d'un pas mal assuré, elle vint à
moi, et me serrant les mains entre les siennes : « Monsieur, dit-
« elle, vous êtes un ange envoyé
« par le ciel; oh! combien nous
« vous chérirons tous. » Elle voulut poursuivre, et les pleurs cou-
vraient sa voix.

Le vieux comte me fit signe
d'approcher de son lit. Ni l'âge,
ni les souffrances, n'avaient re-
froidi son cœur. « Venez, venez,

« brave jeune homme, » et il
m'embrassa avec tendresse. Puis
d'un ton plus calme : « Monsieur,
« vous n'avez pas toujours été à
« votre place dans cette maison ;
« recevez-en mes regrets, je ne
« craindrai pas de dire mes ex-
« cuses ; cette faute sera réparée ;
« désormais vous y partagerez
« mon autorité, vous y serez ho-
« noré comme un autre maître,
« et vous y aurez les mêmes
« droits. » En même temps il
parla en sa langue aux serviteurs
qui étaient là, et tous vinrent,
l'un après l'autre, me baiser la
main, en mettant un genou en
terre.

On ne songeait plus au dîner ;

le comte exigea que nous reprissions nos places ; mais nous étions trop émus pour redescendre si vite aux simples usages de la vie ; et lui seul, exact comme un vieillard, put faire quelque contenance.

Après le premier élan on passa aux détails : je demandai au colonel si mon maréchal-des-logis avait exécuté fidèlement mes ordres. « Oui, dit-il, il se mon-
« tra en tout point digne de son
« chef ; il me mena avec lenteur ;
« marchant sans cessé à mes cô-
« tés, il me soutenait lorsqu'il me
« voyait chanceler ; et, lorsque
« nous fûmes arrivés au quartier
« général, j'eus beaucoup de
« peine à faire accepter à ce brave

« homme quelques-unes de ces
« pièces d'or, conservées par vos
« soins. Là je trouvai partout
« la même générosité. Vos ad-
« mirables chirurgiens jugèrent
« d'abord ma blessure incura-
« ble ; une balle m'avait traversé
« la poitrine, et moi - même je
« regardais ma fin comme pro-
« chaine. Leur habileté, leurs
« soins assidus me rappelèrent
« enfin à la vie. Que vous dirai-
« je? A chaque pas que j'ai fait,
« à chaque individu que j'ai ren-
« contré, la dette de la recon-
» naissance s'est accrue pour
« moi, et je désespère de la pou-
« voir jamais acquitter. »

A mon tour, j'eus à raconter
ce qui m'était arrivé, depuis ce

jour qui nous fut si fatal à tous
deux. Mon récit fut court :
« Vous le voyez, dis-je en fi-
« nissant : l'être souffrant trouve
« partout de l'appui; partout la
« pitié est fille du malheur. »

On en vint ensuite aux affaires
générales : j'appris avec une vive
douleur les désastres de nos armées, la défection des alliés de
la France; et je ne doutai pas que
des événemens plus grands, plus
importans, ne suivissent encore.
« Hélas! m'écriai-je, combien
« il est pénible d'être tranquille
« au dehors, lorsqu'au dedans
« notre patrie est menacée. —Je
« comprends vos regrets, dit la
« jeune dame; mais vous avez
« assez fait pour la vôtre; mon

« mari se trouve dans la même
« position, et vous n'avez, l'un
« et l'autre, que trop de droits
« au repos. — Oui, oui, dit vi-
« vement le comte. Nous vous
« soignerons, nous vous guéri-
« rons, et vous ferez tous deux
« le bonheur de cette maison.
« —Ah ! s'écria le colonel en sou-
« pirant, ce n'est pas là notre
« véritable place. » Je pus voir
que cette exclamation faisait sur
la dame une impression pénible ;
elle se tut, baissa les yeux, et ce
ne fut qu'avec effort qu'elle reprit le cours de l'entretien.

Le moment de se retirer arriva enfin. Mon compagnon d'infortune voulut me conduire lui-
même à mon logement ; et les

deux pauvres blessés, appuyés l'un
sur l'autre, sortirent à pas lents.

Arrivés au lieu que j'occupais,
le colonel ne put cacher son mé-
contentement. « Pourquoi vous
« a-t-on logé ici? dit-il avec viva-
« cité. C'est près de nous, c'est
« dans les appartemens d'hon-
« neur, que vous devez être pla-
« cé. » Je me hâtai de répondre
qu'à mon arrivée on m'avait fait
une grâce toute particulière, en
me recevant en ce lieu; que depuis, on avait voulu me loger
plus magnifiquement, et que je
m'y étais toujours refusé. Puis,
montrant cette pelisse que je tenais de la munificence du comte :
« Tenez, ajoutai-je, vous voyez
« qu'on a pensé à tout, et que je

« ne manque de rien. — C'est
« fort bien, mais ce qui pouvait
« être convenable alors ne l'est
« plus aujourd'hui; et, puisque
« vous êtes compté désormais au
« nombre des maîtres de cette
« maison, vous devez leur être
« assimilé en tout point, et vous
« rapprocher de vos amis. »

J'étais trop agité pour me li-
vrer au sommeil; je passai la
nuit entière à rappeler à ma pensée tout ce qui m'était arrivé
depuis ce jour où je quittai l'armée française. « Eh quoi! me
« disais-je, je sauve la vie à un
« prisonnier; quelques momens
« après prisonnier moi-même,
« on m'envoie je ne sais où,
« sous la conduite d'un Cosaque.

« Nous traversons ensemble une
« grande partie de cette vaste
« Russie; je suis près d'expirer
« de douleur et de fatigue. Saisi
« de pitié, mon conducteur s'ap-
« proche de la première habita-
« tion qu'il rencontre sur la rou-
« te, on veut bien m'y recevoir,
« et me voilà installé dans la
« maison de celui à qui j'avais
« rendu un si grand service. Oui,
« m'écriai-je, dans cet enchaî-
« nement de circonstances où
« tant d'autres ne verraient peut-
« être que l'effet du hasard, je
« reconnais cette main qui di-
« rige tout; elle pèse sur le cri-
« minel, comme elle soutient
« l'être vertueux. Par des voies
« détournées, elle conduit l'un

« et l'autre à la place que les
« siècles leur avaient assignée,
« et tous deux reçoivent leur châ-
« timent ou leur récompense.
« O Providence, je t'adore! »

Dès le matin, des serviteurs,
plus empressés que jamais, vinrent m'avertir que j'étais attendu
pour déjeûner; je me rendis en
hâte à l'appartement du comte.
Ses enfans étaient déjà auprès de
lui. Dès qu'il m'eut aperçu :
« Bien, dit-il, la famille est com-
« plète. » Le jeune homme me
serra la main avec cordialité; et la
dame voulut bien me demander
quelques détails sur ma santé.
Le repas fut agréable ; il fut gai
même. Nous étions tous à notre
aise, ou plutôt nous étions satis-

faits. Le colonel, d'un esprit vif et brillant, animait l'entretien par des récits piquans; la dame y plaçait, avec mesure, quelques mots heureux. Moi-même, rappelant les beaux jours de mon printemps, j'ajoutai quelque intérêt à la conversation, et le vieux comte souriait aux vives saillies de cette jeunesse dont il était entouré.

Vers la fin du repas le colonel me demanda quel nom on me donnait dans la maison paternelle; je répondis que l'on m'appelait *Charles*. « Bien, dit-il, et « moi l'on me nomme *Ladislas*. « C'est sous ce nom que désor- « mais je veux être connu de « vous, de même que vous êtes

« pour toujours mon frère et mon
« ami *Charles*. Une franche acco-
« lade scella cette promesse de
« confraternité, et le mari voulut
« que sa femme y fût comprise. »

Ce n'en était pas assez : lorsque le moment de me retirer fut
arrivé, je vis que le colonel se
disposait à me conduire à mon
logement, comme il avait fait la
veille. « C'en est trop, dis-je en
« riant, puisque vous me donnez
« le titre de frère; traitez-moi
« donc comme tel. — Oui, pour
« l'avenir; mais je dois au moins
« vous faire connaître le lieu que
« vous devez occuper. » En
disant ces mots, il me prit par
le bras, et me força à le suivre.
Qu'on se peigne ma surprise,

quand il me fit entrer dans
un vaste appartement, brillant de toutes les richesses de
l'Asie. « Nos anciens czars, dit-
« il, ont plus d'une fois habité
« ce lieu. Il était réservé à nos
« souverains; c'est à vous de
« l'occuper, et si vous devez nous
« quitter un jour, il ne servira
« jamais à personne. — Ah! dis-
« je, c'en est trop; mettez des bor-
« nes à vos bienfaits, si vous vou-
« lez que j'en jouisse sans con-
« trainte. » Je ne fus pas écouté,
et, pour la première fois peut-être,
un prisonnier sans importance,
sans illustration, se trouva installé dans le palais des Rois.

FIN DU SECOND VOLUME.